# 몽골군에 맞서 대장경판을 지켜라!

글 **강무홍** | 그림 **김종범**
감수 **박종기**

# 차례

# 몽골군에 맞서 대장경판을 지켜라!

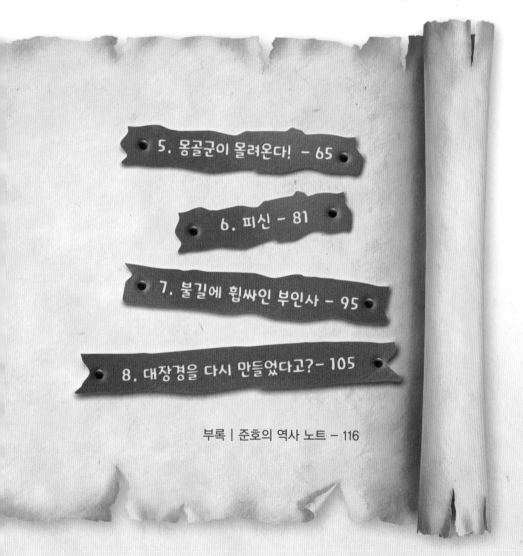

# 마법의 두루마리를 펼치기 전에

호기심 많은 형제 준호와 민호는 역사학자인 아빠를 따라 경주의 작은 마을로 이사를 간다. 새집 지하실에서 마법의 두루마리를 발견한 둘은 석기 시대, 삼국 시대, 고려 시대, 조선 시대 등 과거 속으로 여행을 떠난다. 이웃에 사는 수진도 준호와 민호의 비밀을 눈치채고 모험을 함께한다.

과거 여행 중 이사 온 집에 살던 역사학자 할아버지를 만난 준호, 민호, 수진은 두루마리의 숨겨진 힘에 두려움을 느낀다. 하지만 얌전히 지내는 것도 잠시, 아이들은 금세 다시 두루마리를 펼쳐 과거로 떠나는데…….

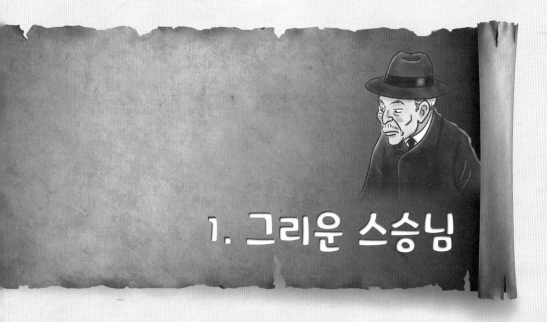

# 1. 그리운 스승님

아침부터 아빠는 목이 잔뜩 잠겨 있었다. 목소리뿐 아니라 표정도 몹시 어두웠다.

"후유, 오늘 다 모일 텐데……."

준호와 민호는 거실로 나오다가 아빠를 보고 멈칫했다.

토요일인데도 아빠는 양복을 차려입고 있었다.

"아빠, 어디 가세요?"

민호가 묻자 엄마가 대답했다.

"응. 세미나 가신대."

준호는 재빨리 아빠 눈치를 살폈다. 뭔가 걱정이 있는 듯, 어깨도 축 처져 있고 도통 기운이 없어 보였다.

"세미나요?"

민호가 묻자 엄마가 덧붙였다.

"오늘부터 박물관에서 고고학 세미나가 열린다는구나."

아빠는 여전히 근심스러운 표정으로 말이 없었다.

"아빠, 무슨 걱정 있어요?"

준호가 눈치를 살피며 묻자, 아빠가 천천히 고개를 저으며 대답했다.

"아니. 스승님 생각이 좀 나서……. 아빠 스승님한테서 배운 친구들이 오늘 한자리에 모이거든. 그런데 스승님만……."

아빠는 잠시 말을 끊고 한숨을 내쉬었다.

엄마가 재촉했다.

"여보, 이러다 늦겠어요!"

아빠는 깜짝 놀라 시계를 보았다.

그 순간 민호가 말했다.

"아빠, 너무 걱정 마세요! 스승님은 잘 지내고 계실 거예요. 무소식이 희소식이라잖아요.”

민호는 ‘그렇지, 형?’ 하는 얼굴로 준호를 쳐다보았다.

준호는 심장이 쿵 내려앉는 것 같았다.

“허허, 그래. 그렇게 믿어야지.”

아빠가 민호의 머리를 쓰다듬어 주고는 가방을 들고 현관을 나섰다.

‘후유.’

준호는 남몰래 한숨을 쉬었다.

엄마가 아빠를 배웅하며 말했다.

“너무 늦지 마세요.”

준호와 민호도 씩씩하게 인사했다.

“아빠, 안녕히 다녀오세요!”

문을 나서는 아빠의 뒷모습을 보며, 준호는 잠시 생각에 잠겼다.

‘할아버지는 지금쯤 어디 계실까? 다시 만날 수 있을까……’

문득 할아버지를 다시 만나지 못할지도 모른다는 생각이 들었다.

'그때 하얼빈에서 억지로라도 할아버지를 모셔 왔어야 했는데…….'

만약 과거에서 다시 할아버지를 만난다면 이번에는 반드시 할아버지를 모셔 오겠다고, 준호는 마음속으로 굳게 다짐했다.

잠시 후 엄마도 외출 채비를 했다. 오늘은 환경 운동 단체에서 기후 위기에 관한 토론회가 열린다고 했다.

"민호야, 엄마 없다고 이 방, 저 방 불을 다 켜 놓으면 안 돼. 알았지?"

엄마는 점점 심각해지는 기후 때문에 걱정이 많았다. 그래서 늘 뭐든지 덜 쓰고, 무엇보다 석탄과 석유 같은 화석 연료를 쓰는 전기를 아껴야 한다고 강조했다. 우리가 쓰는 전기의 60퍼센트는 화석 연료를 태워 생산하는데, 화석 연료를 많이 쓸수록 공기 중에 이산화탄소의 양이 늘

어나 지구 온난화가 더욱 심해진다는 것이다.

"어우, 또 잔소리!"

민호가 투덜댔다.

민호는 얼른 엄마가 나가기만을 바랐다. 그래야 마음 놓고 과거 여행을 할 수 있으니까! 그런데 딱 보니까 엄마는 계속 잔소리를 늘어놓을 태세였다.

"덥다고 선풍기 켰으면 꼭 끄고! 봐라, 에너지를 마구 써 대니까, 여름이 다 지났는데도 이렇게 덥잖아. 앞으로 너희 세대가 어떻게 살지……. 후우!"

엄마는 짧은 한숨을 쉬고는 다시 다다다다 말했다.

"어질러 놓는 것도 에너지 낭비야. 뭐든지 정리 정돈을 잘해 놓으면 아예 치울 일도……."

"엄마, 안 갈 거야?"

민호의 말에 엄마가 눈을 흘겼다.

"저 버르장머리 좀 봐. 엄마 말을 막 자르고!"

그러면서도 회의에 늦을까 봐 벌써 현관에서 신발을 신

고 있었다.

"아, 알았다고요오!"

민호 말에 엄마가 허공에 주먹을 휘두르며 쥐어박는 시늉을 했다.

엄마가 현관문을 나서자 준호와 민호는 눈짓을 주고받았다.

'지하실로 가자!'

둘이 살며시 신발을 신는데, 느닷없이 현관문이 벌컥 열렸다. 엄마가 되돌아온 것이다.

"어디 가려고?"

준호와 민호는 화들짝 놀라 하마터면 엉덩방아를 찧을 뻔했다.

"수, 수진이네요."

준호가 작은 소리로 대답하자, 민호가 엄마를 쳐다보며 큰소리를 쳤다.

"엄마가 집 어지르지 말라며? 그래서 수진이네 집에서

놀려고!"

엄마는 호호호 웃더니 또 잔소리를 했다.

"그래, 재미있게 놀다 와. 수진이네 집 너무 어지르지 말고!"

신발장에서 양산을 꺼낸 엄마는 마지막까지 잔소리를 하며 밖으로 나갔다.

"그리고 민호 너, 엄마 돌아올 때까지 숙제 다 해 놔! 또 지난번처럼 한밤중에 난리치지 말고! 그리고 수진이네 집에 물건 흘려 놓고 오지 마. 자기 물건은 자기가 알아서 챙겨야지, 언제까지 쫓아다니며 챙겨 줘야 하니?"

민호는 엄마 뒤통수에 대고 입을 삐죽이고는 현관 문틈으로 엄마가 대문을 나서는지 엿보았다.

엄마의 발소리가 사라지자마자 민호는 "가자!" 하고 소리치며 준호와 함께 수진을 부르러 마당으로 나갔다.

수진은 나무 위에서 미리 기다리고 있었는지, 준호와 민호가 나타나기 무섭게 쿵 하고 민호네 마당으로 뛰어내려서는 다람쥐처럼 쫓아왔다.

　지하실 계단을 내려가는 발소리, 문이 열리고 닫히는 소리가 나더니, 이윽고 모든 것이 깊은 잠에 빠진 듯 고요해졌다. 세 아이가 다시 과거 속으로 사라진 것이다.

# 2. 산속의 절

"어? 여긴 산속인가 봐. 저 나무들 좀 봐. 아주 깊은 산
속 같은데?"

민호가 맨 먼저 주위를 둘러보며 종알거렸다.

수진과 준호도 정신을 차리고 주변을 돌아보았다. 어디
선가 맑고 고운 새소리와 물 흐르는 소리가 들려왔다.

아이들이 있는 곳은 깊은 산속 작은 암자 앞이었다.

암자 앞쪽으로 벚나무, 느릅나무, 거제수나무 등이 울창
하게 숲을 이루고 있었다. 암자 뒤쪽에는 가파른 산비탈
을 따라 무성한 대나무 숲이 버티고 있었다. 암자 아래쪽
으로는 작은 오솔길이 나 있었는데, 우거진 나뭇가지 사

이로 오솔길 너머의 풍경이 언뜻언뜻 보였다.

민호가 나지막이 말했다.

"저기, 마당 같은 게 있어. 기와집도 있고!"

민호 말처럼 울창한 벚나무 가지와 이파리 사이로 너른 마당과 커다란 기와집이 보였다. 마당을 오가는 사람들의 모습도 얼핏 보였다.

"앗, 사람들도 보인다!"

수진이 말하자 민호가 대꾸했다.

"스님들인가 봐. 머리카락이 하나도 없잖아. 대머리 빡빡이, 하하하!"

"어우, 야! 그런 말 하면 못 써! 스님들이 많은 걸 보니 저긴 절인가 보다."

준호는 비탈 아래 풍경을 잠시 살피다가, 재빨리 두루마리를 찾아 두리번거렸다. 두루마리는 암자 댓돌 옆에 오도카니 떨어져 있었다.

준호가 두루마리를 집어 들자, 민호도 두루마리 옆에 떨어져 있던 모래시계를 주머니에 집어넣었다. 수진이 부러운 듯 준호와 민호를 보았다. 수진에게는 아직 두루마리에 관한 권한이 하나도 없었다. 셋이 함께 여행하기는 하지만, 두루마리의 주인은 엄연히 자기 집 지하실에서 두루마리를 발견한 준호와 민호였기 때문이다.

준호는 두루마리를 펼쳐 지도를 살펴보았다. 한반도가 그려진 왼쪽 지도에는 압록강 하구에서 함흥 쪽으로 비스듬히 국경선이 그어져 있고, 경상도 부근에 둥근 점이 찍혀 있었다. 국경선의 위치로 보아 고려 시대인 것 같았다. 하지만 경상도에 있는 둥근 점이 정확히 어디를 가리키는지는 알 수 없었다. 준호는 대구쯤이 아닐까 생각하며 오른쪽 지도를 보았다. 지도 가운데에 절을 나타내는 卍* 기호가 있고, 그 주변으로 여러 건물과 산, 개울 등이 표시되어 있었다.

"형, 여기가 어딘 거 같아?"

민호의 질문에 준호가 지도를 들여다보며 더듬더듬 대

답했다.

"글쎄. 고려 시대 경상도에 있던 절 같은데……. 무슨 절인지는 모르겠어."

수진이 기뻐하며 말했다.

"절 맞아? 거 봐, 내 말이 맞지?"

수진이 뻐기자 민호가 맞받았다.

"스님을 맞힌 건 나잖아!"

준호가 두루마리에서 눈을 떼고 산 아래쪽을 내려다보며 말했다.

"일단 내려가서 살펴보자. 먼저 옷부터 갈아입고."

* 卍

지도에서 절을 나타내는 기호. 인도의 옛 문양으로, 석가모니가 태어날 때 가슴 한가운데 있던 무늬라고 한다. 무한한 흐름을 나타내는 기호로, 한자에서는 卍을 '만자 만' 또는 '가슴 만' 자로 부른다. 불상이나 불교 그림 등에서 자주 볼 수 있으며, 절이나 불교를 상징하는 표시로 쓰인다. 상서롭고 좋은 무늬로 여겨져 궁궐이나 절의 벽을 장식하거나 가구, 문살, 창살 등을 꾸미는 무늬로도 쓰였다.

수진이 좋은 생각이 났다는 듯 손뼉을 딱 쳤다.

"그래, 옷! 내가 하나 둘 셋 하면, 다 같이 주문을 외우는 거야, 알았지?"

민호가 발끈했다.

"야, 네가 뭔데! 왜 네가 하나 둘 셋을 하냐?"

수진이 한숨을 폭 쉬며 말했다.

"오빠는 두루마리 담당, 너는 모래시계 담당이잖아. 그러니까 옷 담당은 내가 해야지!"

준호는 일리가 있다는 듯 고개를 끄덕였다. 그러고 보니 수진에게는 이제껏 이렇다 할 역할이 없었다. 민호도 조금 가엾은 생각이 들어 선심 쓰듯 말했다.

"알았어, 그럼 이제부터 옷 담당은 네가 해. 그래도 되지, 형?"

수진이 주먹을 움켜쥐고 "오, 예!" 하고 소리쳤다.

준호는 빙긋 웃고는 두루마리의 팻말을 지도 아래쪽에 있는 윗옷 모양 글자에 천천히 가져갔다. 꿈틀. 두루마리

가 살며시 꿈틀거리자, 아이들은 놀란 눈으로 서로를 보았다. 수진이 손을 들어 신호를 보내며 작은 소리로 "하나, 둘, 셋!" 하고 속삭였다.

그러고는 셋이서 주문을 외듯 한목소리로 외쳤다.

"두루마리님, 제발 우리에게 옷을 주세요!"

다음 순간 하얀 연기가 피어올라 아이들을 휘감았다. 그리고 앗 하는 사이에 아이들의 옷이 바뀌었다.

아이들은 낡고 지저분한 옷에 허름한 짚신을 신고 있었다. 영락없는 옛날 농사꾼 집 아이들의 차림새였다.

옷은 원래 흰색이었던 것 같지만 어찌나 때가 꼈는지 거의 잿빛이나 다름없었다. 볏짚 같은 것으로 얼기설기 엮어 만든 신발은 걷기도 불편하고 보기에도 초라했다.

하지만 옷은 두루마리가 결정할 뿐, 아이들이 선택할 수 있는 것이 아니었다.

수진과 민호는 실망한 기색이 역력했다.

"기왕이면 부잣집 아이 옷으로 바꿔 주지! 아니면 멋진

갑옷이냐! 이게 뭐야?"

민호가 투덜대자 준호가 말했다.

"무슨 옷이면 어때? 의심만 사지 않으면 되지."

수진이 한숨을 포옥 내쉬며 말했다.

"알았어. 할 수 없지 뭐. 아무튼 옷을 갈아입었으니까 어서 내려가 보자. 아까부터 스님들이 막 왔다 갔다 하는 게, 아무래도 절에 무슨 일이 있는 것 같아."

준호는 고개를 끄떡이고는 조심스레 오솔길을 앞장서서 내려갔다.

민호와 수진이 "좋았어!" 하며 타다다다 달려 내려갔다. 놀란 산새들이 나뭇가지를 흔들며 푸드득 날아올랐다. 하지만 누구도 아이들의 존재를 알아차리지 못했다. 절에 있는 사람들은 저마다 바삐 움직이느라 주변을 살필 여유가 없었다.

# 3. 큰일 났네, 큰일 났어!

이윽고 준호와 민호와 수진은 마당이 훤히 내려다보이
는 곳에 이르렀다. 절 주변의 어수선한 풍경이 한눈에 들
어왔다. 제법 큰 절인 듯 마당이 널찍했다. 울창한 나뭇
가지 너머로 곳곳에 들어선 건물들도 보였다. 마당에서는
스님들과 근처 마을 사람들인 듯한 이들이 분주하게 오가
고 있었다.

"형, 저기 좀 봐, 마당 앞쪽에 통나무 같은 게 잔뜩 쌓여
있어!"

민호가 속닥거리자 수진도 덧붙였다.

"그 앞에는 구덩이도 있어!"

준호는 민호와 수진이 말한 곳을 살펴보았다. 둘의 말대로 절 주위에 커다란 구덩이가 파여 있고, 그 구덩이 뒤쪽으로 통나무가 작은 성벽처럼 쌓여 있었다.

준호는 눈앞에 있는 절의 정체가 점점 더 궁금해졌다. 절은 보통 사람들이 드나들기 편하게 되어 있기 마련이다. 그런데 어째서 이 절은 요새처럼 주위에 구덩이를 파고 나무를 쌓아 놓은 걸까?

"더 내려가 보자!"

민호가 말하자 수진도 맞장구를 쳤다.

"그래, 여기서 이럴 게 아니라 절에 더 가까이 가 보자, 오빠!"

준호가 절 쪽을 조심스레 내려다보며 주위를 살피자, 민호가 팔꿈치로 준호를 쿡 찔렀다.

"형, 안 그래도 돼. 옷도 갈아입었잖아."

"그래도 조심해야지."

준호가 불안한 표정으로 수진과 민호를 바라보자 수진

이 웃으며 말했다.

"오빠처럼 두리번거리는 게 더 수상해 보일 수도 있어. 이 마을 사람인 것처럼 자연스럽게 행동하는 게 훨씬 안전하다고!"

민호와 수진이 씩씩하게 걸어가자, 준호는 한숨을 내쉬며 뒤따랐다.

이내 아이들은 절로 들어섰다. 오솔길이 끝나는 부근에 울창한 대나무 숲과 소나무 숲이 작은 마당을 에워싸고 있었다. 마당 너머에는 작은 건물이 서 있었다.

아이들은 마당으로 다가가 주위를 살폈다. 삽과 곡괭이를 든 사람들이 마당을 바삐 오가고 있었다. 회색 승복을 입은 스님들이 대부분이었지만 준호와 민호, 수진과 비슷한 옷을 입은 사람들도 많았다.

"사람들이 왜 삽을 들고 다니지?"

수진이 묻자 민호가 눈을 동그랗게 뜨고 대꾸했다.

"그러게 말이야. 무슨 공사라도 하나? 빨리 가 보자!"

민호의 말에 수진이 "그래!" 하고 맞장구를 쳤다. 그러고는 준호가 말릴 새도 없이 사람들 쪽으로 걸어갔다.

준호는 당황해서 눈을 크게 뜨고 민호와 수진을 쫓아갔다. 민호와 수진이 옷만 믿고 너무 덤비는 것 같아 걱정스러웠다. 하지만 역시 옷을 바꿔 입은 덕분에 아이들은 눈에 잘 띄지 않았다.

사람들을 따라 걷다 보니 아름드리 벗나무와 느티나무가 지키고 있는 대웅전*이 나왔다.

대웅전 앞 쌍탑을 지나 아래쪽으로 더 내려가자, 흙을 다져 만든 평평한 둔덕 위에 기와집이 서 있었다. 기와집 앞쪽의 툭 트인 산 밑으로는 완만한 비탈을 따라 작은 텃밭 따위가 펼쳐져 있었다.

**\* 대웅전**
석가모니의 불상을 모신 건물로, 절에서 가장 크고 중심이 되는 건물이다. 부처님께 예불을 드리고 절의 중요한 행사와 법회를 하는 곳이다. '대웅보전'이라고도 한다.

그때 건물 너머에서 누군가 고함을 치는 소리, 곡괭이와 삽으로 땅을 파는 소리가 들려왔다.

"저 앞으로 가 보자!"

민호가 앞장서 둔덕을 달려 내려가자 수진과 준호도 뒤를 쫓았다.

저 아래 당간 지주* 쪽에서 젊은 스님 하나가 둔덕을 향해 허둥지둥 올라왔다.

"큰일 났네, 큰일 났어!"

스님은 몹시 당황한 듯 연신 팔을 휘적거리며 "아이고, 아이고 참!" 하고 혼잣말을 중얼거렸다.

"왜 그러세요, 스님? 무슨 일인데요?"

**\* 당간 지주**
당간을 받쳐 세우는 기둥. 당간은 절을 나타내는 깃발(당)을 거는 장대를 뜻한다. 당간은 대개 절의 어떤 건물보다 높이 세우고 꼭대기에 휘날리는 깃발을 걸어 부처가 머무는 신성한 영역임을 나타냈다. 통일 신라 때부터 설치되기 시작해 고려 때 대부분의 절로 퍼졌으나 불교를 억압한 조선 시대에 사라지기 시작했다. 지금은 당과 당간은 대부분 사라지고 높다란 당간 지주만 남아 있다.

민호가 묻자 스님이 아이들을 안쓰럽게 바라보았다.

"에그, 엊그제 몽골군이 불태운 마을에서 도망쳐 온 아이들인가 보구나. 세상에, 얼마나 놀랐느냐. 쯧쯧쯧, 가엾어라!"

아이들은 스님이 무슨 말을 하는지 몰라 멀뚱멀뚱 쳐다보기만 했다.

스님이 말했다.

"그나저나 너희는 절에 피란 오자마자 또 피란을 가게 생겼구나. 몽골군이 여기까지 오다니, 원. 이미 몽골군의 정찰조가 왔다 갔다더라."

스님은 한숨을 푸욱 쉬더니 뭔가가 퍼뜩 생각난 듯 손으로 이마를 탁 쳤다.

"아이쿠, 내가 이럴 때가 아니지. 어서 대장경판을 지키러 가야 하는데!"

준호가 놀라서 물었다.

"대장경판이요? 혹시 팔만대장경의 그 대장경을 말씀하

시는 거예요?"

스님이 고개를 주억거리며 바로 앞에 있는 둔덕 위의 기와집을 가리켰다.

"그래, 대장경*! 저기가 바로 대장경판이 있는 장경각이란다."

준호와 민호와 수진은 입을 쩍 벌리고 스님이 가리키는 쪽을 돌아보았다.

지난봄, 아빠와 함께 해인사에 갔다가 팔만대장경을 본 적이 있었다. 부처님의 말씀을 팔만 장의 목판에 새겼다는 그 대장경은 해인사 장경각의 경판꽂이에 빽빽이 꽂혀 있었다. 그렇다면 이곳은 해인사일까?

▲해인사 팔만대장경판

**\* 대장경**
불교의 경전을 한데 묶은 것. 석가모니의 말씀을 기록한 경장, 따라야 할 규칙을 옮긴 율장, 석가모니의 가르침을 제자들이 풀어 적은 논장의 세 부분으로 되어 있다. 다른 나라의 대장경은 모두 인쇄본으로만 남아 있지만, 해인사에 있는 고려 팔만대장경은 나무로 된 경판이 보존되어 있다.

준호는 두루마리의 지도 속에 표시된 점의 위치를 떠올리며 고개를 끄덕였다. 점의 위치로 보나 대장경판이 있는 것으로 보나, 해인사가 맞는 것 같았다. 또 몽골군이 쳐들어왔다는 것으로 보아 고려* 시대가 틀림없었다.

수진도 팔만대장경이란 말에 짐작 가는 것이 있는지, 눈을 반짝이며 고개를 끄덕였다.

스님은 다시 정신이 든 듯 "아이고, 내 정신 좀 봐라, 빨리 대장경판을 지키러 가야 하는데!" 하며 둔덕 위쪽으로 달려갔다.

아이들도 재빨리 스님을 쫓아갔다. 둔덕 위로 올라가자 단정한 기와집이 나타났다.

**\* 고려**

918년에 왕건이 세운 나라. 후삼국을 통일하고 불교를 나라의 종교로 삼았다. 통일 신라 때는 중국이 통일되어 힘이 막강했기 때문에 우리 영토가 줄어들었다. 하지만 고려 때는 중국이 여러 나라로 분열되어 힘이 약해지면서 통일 신라 때보다 북쪽으로 영토를 넓힐 수 있었다. 또 분열된 나라들로부터 침략도 많이 받았다.

스님이 건물의 문을 열자 수많은 경판들이 경판꽂이에 책처럼 가지런히 꽂혀 있는 모습이 보였다.

준호는 스님을 따라 무심코 건물 안으로 들어갔다. 해인사에서는 장경각 안에 들어갈 수가 없었다. 대장경판을 보호하기 위해 입구를 막고 건물 주위에 줄을 쳐 두었기 때문이다. 그래서 준호는 장경각의 나무살 사이로 대장경을 보면서 아쉬움을 달래야 했다.

그런데 이제 국보인 팔만대장경을 직접 볼 수 있게 된 것이다. 준호는 저도 모르게 성큼성큼 경판꽂이 앞으로 다가갔다.

"아차차! 문 닫아야지!"

별안간 스님이 홱 돌아섰다. 그러다 건물 안까지 따라 들어온 아이들을 보고는 깜짝 놀랐다.

스님이 눈을 부릅뜨고 소리쳤다.

"아니, 여기가 어디라고 들어온 게냐? 어서 나가거라! 나는 문을 닫아걸고 여길 지켜야 한다! 경판들을 지켜야

한단 말이다!"

스님의 말에도 준호는 경판을 들여다보느라 정신이 없었다.

그때 민호가 스님의 옷자락을 잡아당기며 물었다.

"왜요? 왜 문을 닫고 이걸 지켜야 하는데요? 몽골군이 훔쳐 간대요?"

스님은 민호의 갑작스러운 질문에 당황한 듯 연신 준호를 돌아보며 대꾸했다.

"훔쳐 가는 게 아니고 대장경판을 없애 버리려고 하겠지. 우리 고려인들이 부처님의 힘으로 몽골군을 물리칠 수 없게 하려고 말이야."

"대장경판을 없앤다고요?"

수진이 되묻자 스님이 고개를 마구 끄덕였다.

"그래! 거란족*이 쳐들어왔을 때도 대장경판을 만들어 불공을 드렸더니, 싸움에서 밀리던 고려군이 힘을 내어 거란족을 물리쳤거든. 몽골군은 흉악하기 이를 데 없다지? 너희 마을도 몽골군이 싹 불태웠다면서?"

스님은 생각만 해도 몸서리가 쳐지는 듯 몸을 부르르 떨었다.

"가는 곳마다 죄없는 백성들을 죽이고 불을 지른다니, 그놈들이 이 경판인들 그대로 두겠느냐? 아마 깡그리 불태울 거다. 이게 얼마나 귀한 건지도 모르고. 천벌을 받을 놈들!"

수진이 걱정스레 물었다.

"몽골군이 절에 쳐들어온다고요? 여기는 스님들만 있고 군대도 없잖아요. 몽골군이 쳐들어오면 어떻게 싸워요?"

**\* 거란족**

5세기 중엽부터 내몽골에서 살던 유목 민족. 오랫동안 부족 생활을 하다가, 주변의 당나라와 위구르가 멸망하자 10세기 초에 요나라를 세웠다. 발해를 멸망시켰으며 고려에도 세 차례 쳐들어왔다. 1차 침입 때는 서희가 외교 협상을 하여 거란족을 철수시켰고, 3차 침입 때는 강감찬이 귀주 대첩에서 승리하여 나라를 지켰다. 거란의 요나라는 200년 동안 동아시아에서 가장 강한 나라로 자리했으나, 12세기 초에 여진족이 세운 금나라의 힘이 커지면서 멸망했다.

젊은 스님은 한숨을 푹 내쉬었다.

"그러게 말이다. 이 절에도 불교 무술*을 익힌 스님들이 있기는 해. 다른 절에 있는 무예가 출중한 스님들도 지금 이곳으로 오고 있고. 하지만 그 사납고 어마어마한 수의 몽골군을 당해낼 수 있을지……."

"그럼 여기서 스님들이 몽골군에 맞서 싸우는 거예요?"

민호가 감탄한 듯 묻자 스님은 다시 한숨을 내쉬었다.

"그래. 지금 절 주변에 구덩이를 파서 함정을 만들고, 방어벽을 쌓고, 죽창이며 칼, 곡괭이, 돌멩이 등 무기가 될 만한 건 죄다 모으고 있단다. 무슨 일이 있어도 대장경판은 지켜야 하니까."

*** 불교 무술**

삼국 시대부터 전해 내려오는 불교 전통 무예로 택견과 비슷하다. 스님들은 부처님의 말씀을 기록한 경전과 절의 보물들을 지키고 몸을 단련하기 위해 무예를 익혔다. 나라에 위기가 닥치면 승군을 조직하여 맞서 싸우기도 했다. 고려 시대뿐 아니라, 조선 시대에도 나라가 위태로워질 때마다 서산 대사, 사명 대사 등 많은 스님들이 승군으로 활약했다.

스님은 거기까지 말하고는 불현듯 생각난 듯 장경각 안쪽을 향해 소리쳤다.

"애야, 거기서 뭐하는 거냐! 어서 나오라니까!"

경판에 정신이 팔린 준호는 어느새 장경각 깊숙이 들어가 있었다.

준호가 소리쳤다.

"죄송해요. 대장경판을 꼭 한번 보고 싶었거든요."

그때 경판 하나가 바닥에 잘못 놓여 있는 것이 보였다.

"이거, 여기 이렇게 둬도 돼요?"

준호가 가리키며 묻자 젊은 스님이 헐레벌떡 뛰어왔다. 민호와 수진도 냉큼 뒤따라왔다. 스님은 바닥에 놓인 경판을 보더니 깜짝 놀라 눈이 휘둥그레졌다.

"어이쿠, 이게 왜 여기 있지? 큰스님이 보셨으면, 또 불벼락이 떨어졌겠네."

젊은 스님은 눈을 질끈 감으며 혼잣말을 하고는, 바닥에 있던 경판을 조심스레 집어 들었다.

"경판을 종이에 찍고 나서, 소금물에 씻어 말린 것*을 제자리에 꽂지 않았나 보네. 아, 여기가 비었다. 여기에 꽂으면……."

스님이 경판을 제자리에 꽂는 사이 밖에서 누군가 부르는 소리가 났다.

"만덕아! 만덕아! 만덕이, 어디 있느냐!"

스님은 눈이 왕방울만 해져서 "예, 스님!" 하고 후닥닥 달려 나갔다. 아이들이 따라 나가 보니, 조금 나이 든 스님 한 분이 잔뜩 화난 얼굴로 호통을 치고 있었다.

"장경각 문을 잠그고 단단히 지키라고 했더니, 게서 무엇 하는 거냐!"

**\* 소금물에 씻어 말린 것**
경판을 찍을 때 종이에 먹물이 잘 묻고 깨끗하게 찍히도록 먹물에 풀을 섞는다. 이 풀은 쌀가루나 밀가루로 만든 것이어서 미생물이나 곤충의 먹이가 될 수 있었다. 그래서 경판을 찍고 나서 그냥 두면 곰팡이가 피거나 벌레가 파먹을 위험이 있었다. 이를 막기 위해 경판에 묻은 먹물을 소금물로 깨끗이 씻어 낸 다음, 그늘에서 잘 말려서 보관했다.

"청운 스님, 저, 그, 그게…….."

만덕 스님은 고개를 조아리며 아무 말도 못했다. 옆에 있던 준호는 만덕 스님에게 미안해서 몸 둘 바를 몰랐다.

준호가 솔직하게 말했다.

"제 잘못이에요. 스님이 문을 잠그려고 했는데, 제가 경판을 구경하느라 그만…….."

그 말에 청운 스님은 더욱 화를 냈다.

"네 이놈! 아무리 어리고 철이 없기로, 이 판국에 구경이라니! 경판은 구경하라고 있는 게 아니다. 아무나 함부로 보는 게 아니야!"

청운 스님의 쩌렁쩌렁한 호통 소리에 만덕 스님은 점점 더 기가 죽었다. 아이들도 덩달아 주눅이 들었다.

"만덕이, 네 이놈! 누구 마음대로 이 아이들을 장경각에 들인 것이냐! 네가 정녕 경판의 소중함을 모르는 게냐? 이 중요한 시기에 경판이 잘못되기라도 하면 대체 어쩔 셈이냐? 그만큼 단단히 지키라고 일렀거늘! 당장 문을 걸어 잠가라! 당장!"

청운 스님의 서슬 퍼런 호통에 만덕 스님은 아무 소리도 못하고 허둥지둥 장경각 문을 잠갔다.

그 순간 장경각 뜰로 구름 그림자가 드리우더니 어디선가 날카로운 산새 울음소리가 났다. 청운 스님이 얼굴을 찡그리며 주위를 휙 둘러보고는 퉁명스럽게 말했다.

"열쇠는 이리 내라. 내가 큰스님께 갖다드릴 테니!"

만덕 스님이 열쇠를 건네자 청운 스님은 마땅찮은 얼굴로 아이들을 훑어보며 말했다.

"영주(영천 지방의 옛 이름)에서 피란 온 아이들인가 본데, 여기서 얼쩡거리지 말고 마을 사람들과 얌전히 있어라!"

아이들은 "네." 하고 풀 죽은 소리로 대답했다.

만덕 스님이 턱짓으로 산 아래쪽을 가리켰다. 아마도 그곳에 마을 사람들이 모여 있는 모양이었다. 아이들은 마지못해 쭈뼛쭈뼛 아래쪽으로 내려갔다.

"또다시 허튼짓을 했다가는 크게 경을 칠 줄 알아라. 이

곳에서 꼼짝도 하지 말고, 장경각을 단단히 지키거라!"

청운 스님은 만덕 스님에게 그렇게 이르고는, 대웅전 쪽으로 총총히 사라졌다.

호되게 야단을 맞고 잔뜩 긴장한 만덕 스님은 눈을 부릅뜨고 장경각 앞에 섰다.

아이들은 멀리서 그 모습을 바라보고 있었다.

"됐어. 가셨어."

민호가 뒤돌아보며 속닥거리자 산 아래쪽으로 내려가는 척하던 아이들은 재빨리 샛길로 빠져나와 만덕 스님에게로 되돌아갔다.

# 4. 수상하게 다가오는 빛

"혹시 몽골군이 안 올 수도 있지 않을까? 개미 새끼 한 마리 안 보이는데……. 어쩌면 우리 고려 군사들이 다 물리쳤을지도 모르지."

만덕 스님은 연신 혼잣말을 중얼거리며 장경각 주위를 두리번거렸다. 장경각 앞뿐 아니라, 장경각을 벽처럼 두르고 있는 산비탈 쪽도 고개를 빼고 살펴보았다.

대웅전 너머 까마득한 산꼭대기에서부터 굽이굽이 흘러내린 산비탈에는 오래된 소나무들이 믿음직한 병사들처럼 우뚝 서서 장경각을 굽어보고 있었다.

"에이, 산짐승이 아니고서야 어떻게 이 험한 산을 쳐들어오겠어?”

만덕 스님은 이내 눈을 돌려 멀리 구름 속에 묻힌 산 아래쪽을 내려다보았다.

그때 장경각 옆의 샛길에서 난데없이 아이들이 다시 나타났다.

“스님, 우리도 같이 지켜 드릴게요!”

민호가 소리치자 만덕 스님이 화들짝 놀라 돌아보았다.

“아니, 너희는 왜 또 온 거냐? 청운 스님 보시면 야단야단하실 거다. 어서 가거라!”

말은 그렇게 해도 만덕 스님은 내심 아이들이 반가웠다.

수진이 생긋 웃으며 만덕 스님 곁으로 다가섰다.

“그 스님은 여기 안 계시는데요, 뭐. 우리가 여기 있는 줄도 모르실 거예요. 스님 혼자 지키고 있으면 심심하잖아요. 그렇죠?”

만덕 스님은 어리벙벙한 얼굴로 수진을 내려다보았다.

“그래도 청운 스님께서 아시면 불호령이 떨어질 터인

데⋯⋯."

준호는 미안한 표정으로 고개 숙여 사과했다.

"아깐 정말 죄송했어요. 저 때문에 괜히⋯⋯."

그러자 만덕 스님이 손을 내저었다.

"아니야, 내 잘못이 크지. 나야 어차피 부인사*의 천덕
꾸러기라서, 늘 청운 스님한테 걱정만 끼치는걸."

부인사라는 말에 민호가 깜짝 놀라서 되물었다.

"부인사라고요? 저는 여기가 해인사인 줄 알았는데!"

만덕 스님이 웃으며 말했다.

"아니, 여태 우리 절 이름도 몰랐단 말이냐? 네 형은 똑

**\* 부인사**
대구 팔공산에 있는 절. 신라 때 처음 지어진 절
로, 초조대장경(고려 최초의 대장경)을 보관했다.
고려 시대에는 딸린 암자만 39개에, 2,000여 명의
승려가 머물렀으며, 스님들의 시장인 승시가 섰을
만큼 큰 절이었다. 그러나 조선 시대에 불교를 억
압하자 암자 수준으로 규모가 대폭 줄었다. 원래 있던 절은 몽골의 침입과 임진왜란 등으로
불타 없어졌고, 지금의 부인사는 1930년대 초에 다시 지은 것이다.

똑해 보이던데, 너는 나처럼 천덕꾸러기인가 보구나."

민호가 "하지만……." 하고 고개를 갸웃거리며 준호를 쳐다보았다. 준호도 당황한 기색이 역력했다.

수진이 얼른 말을 돌렸다.

"스님은 언제부터 이 절에 계셨어요?"

수진이 생긋 웃으며 묻자 만덕 스님은 당황한 듯 "어?" 하고 눈을 끔뻑이며 말을 더듬었다.

"어, 언제부터 스님이 되었느냐고? 그야 동자승 때부터 지. 여섯 살 때인가……."

"여섯 살이요?"

수진이 눈을 동그랗게 뜨자 만덕 스님은 누런 이빨을 드러내며 씩 웃었다. 조금 어리숙해 보이기도 했지만, 수진은 그 모습이 정겹게 느껴졌다. 만덕 스님도 수진을 누이동생처럼 귀엽게 바라보았다.

"그땐 아무것도 몰랐지. 원래는 경판에 새길 글씨를 쓰는 일이나 글자를 새기는 일을 배우고 싶었는데, 재주가 없어서 절에서 잔심부름만 계속했어. 빨래하고 밥하고 나무하고, 뭐 자질구레한 일은 안 해 본 게 없을걸."

만덕 스님은 어느새 몽골군이 쳐들어왔다는 것도 잊고 추억에 젖어 옛이야기들을 미주알고주알 털어놓았다. 수진이 순박하게 웃는 스님의 얼굴을 마주 보며 함께 웃었다.

준호는 고개를 들어 숲과 하늘을 바라보았다. 푸르디푸른 하늘과 짙푸른 숲이 두 눈 가득 쏟아져 들어왔다. 저 아래 계곡과 당간 지주 부근에서 정찰 중인 스님들, 곳곳에 함정으로 파 놓은 깊은 구덩이와 방어벽이 없다면 몽골군이 쳐들어왔다고는 상상도 할 수 없을 만큼 고요하고 평화로웠다.

수진과 만덕 스님의 이야기를 듣고 있던 민호가 잘난 척하며 말했다.

"몽골군이 쳐들어온다는데, 언제까지 한가하게 이야기나 하고 있을 거예요?"

민호는 보초병이라도 된 듯이 진지한 얼굴로 날카롭게 주위를 둘러보았다.

"형은 위쪽을 살펴봐. 나는 옆쪽을 볼게. 수진이 너는……."

그때 수진이 소리쳤다.

"저것 좀 봐! 저기 반짝거리는 게 뭐지?"

그와 동시에 준호도 아래쪽 숲에서 뭔가가 반짝이는 것을 보았다.

"앗, 진짜다! 뭐가 반짝거리네? 앗, 저기도 반짝거린다! 저기도!"

민호가 흥분해서 소리쳤다.

"저기도 있어! 또 저기도! 진짜 많다! 도대체 저게 다 뭐지?"

준호는 눈을 가늘게 뜨고 멀리 산 아래쪽에서 불규칙하게 반짝거리는 빛을 보았다. 뭔가가 햇빛을 받아 반짝이고 있었다. 그 수상한 빛은 시간이 흐를수록 점점 더 많아

졌다. 게다가 줄을 이루어 절을 향해 다가오고 있었다.

만덕 스님도 그 수상한 빛의 행렬을 보았다. 무리를 지은 빛이 산모퉁이를 돌 무렵, 뿌연 먼지구름이 솟아올랐다. 곧 희미한 말 울음소리와 사람들의 함성이 들려왔다. 준호는 가슴이 쿵쿵 뛰었다.

만덕 스님의 얼굴이 파랗게 질렸다.

"저, 저건 몽골군이야! 몽골군의 창에 빛이 반사된 거야. 이, 이곳으로 몽골군이 벌떼같이 몰려오고 있어!"

'몽골군? 칭기즈 칸의 그 몽골을 말하는 걸까?'

준호는 등골이 오싹했다.

반짝이는 빛의 무리는 어느새 산등성이를 따라 몰려오고 있었다.

어디든 말을 타고 거침없이 달려가 사람들을 죽이고 마을을 깡그리 태워 버린다는 몽골 군사들. 그 무시무시한 몽골군을 본 것은 아이들과 만덕 스님만이 아니었다. 계곡과 산 아래 당간 지주 부근에서 보초를 서던 스님 몇 분

이 장경각 쪽으로 뛰어오며 소리쳤다.

"몽골* 군대가 오고 있다! 어서 큰스님께 알려! 이미 동화사 부근까지 왔다! 어서!"

그러고는 장경각 부근의 암자에서 뛰쳐나온 다른 스님들을 데리고 아래쪽 계곡과 당간 지주 부근으로 달려 내려갔다. 일대는 전투 준비로 술렁이고 있었다.

만덕 스님은 당황해서 어쩔 줄 몰랐다.

"아이쿠, 큰일 났다, 큰일 났어! 큰스님께 어서 이 일을 알려야 할 텐데, 어쩐다? 청운 스님이 꼼짝 말고 여기를

▲ 칭기즈 칸

**\* 몽골**

몽골은 강수량이 적어 나무가 자라지 않는 몽골고원의 초원 지대에서 소규모로 무리를 지어 목축을 하던 작은 부족 국가였다. 그러다가 13세기 초 칭기즈 칸이 작은 부족들을 통합하여 중국 본토를 정복하고 동서양에 걸친 대제국을 건설했다. 고려에도 침략했던 몽골군은 날쌘 기마병을 앞세워 아시아에서 동유럽까지 순식간에 영토를 넓혔으며, 동서양의 무역로인 실크로드(비단길)를 장악하여 무역을 크게 일으키고 통행세를 받아 막대한 부를 쌓았다. 유럽의 상인 마르코 폴로가 실크로드로 동양을 다녀간 것도 몽골이 세운 원나라가 중국을 다스릴 때였다.

지키고 있으라고 했는데! 대장경판은 목판*이라서, 행여 불이라도 나면 홀라당 타 버릴 텐데!"

만덕 스님은 손으로 머리를 움켜쥐고 끙끙댔다. 몽골군이 쳐들어오고 있다는 사실과 무슨 일이 있어도 장경각을 지키라는 청운 스님의 명령 사이에서 갈피를 못 잡는 것 같았다.

그러는 동안에도 몽골군은 빠르게 절을 향해 다가오고 있었다.

"제가 갈게요! 큰스님께 몽골군이 오고 있다고 알려 드

---

* **목판**

종이에 인쇄를 하기 위해 나무에 글자를 새겨 넣은 판. 고려 때는 불교를 널리 퍼뜨리기 위해 목판에 경전을 새겨 종이에 찍어 냈다. 손으로 일일이 베껴 쓰면 한 번에 많은 경전을 만들 수 없지만, 목판에 새기면 몇 백 장도 거뜬히 찍을 수 있었다. 우리나라에서는 신라 말기에 목판 인쇄가 발달하기 시작해 고려 시대에도 이어졌다. 통일 신라의 석가탑에서 나온 《무구정광대다라니경》은 세계에서 가장 오래된 목판 인쇄물이다.

▲무구정광대다라니경 목판 복원품

릴게요!"

민호가 말하자 수진도 용감하게 나섰다.

"저도 같이 갔다 올게요! 달리기라면 자신 있거든요."

만덕 스님이 꾸물거렸다.

"그, 글쎄다, 큰스님께서 너희 같은 아이들 말을 믿어 주실지⋯⋯. 하지만 난 이곳을 지켜야 하는데!"

민호와 수진은 더 이상 스님의 대답을 듣지 않고 대웅전 쪽으로 달려갔다.

아이들을 바라보며 만덕 스님이 중얼거렸다.

"큰스님은 강당에 계시는데⋯⋯. 저 녀석들, 큰스님이 어디 계신지도 모르고 무작정 뛰어가네."

"강당은 어디에 있는데요?"

준호가 돌아보며 묻자 만덕 스님이 대답했다.

"대웅전 근처에 있어. 대웅전 오른쪽으로 쭉 가면 그 끝이 강당이야."

준호는 대웅전 쪽으로 달려가며 다시 한번 산 아래쪽을

힐끗 돌아보았다. 반짝이는 빛의 행렬이 아까보다 훨씬
가까이 보였다.

'아, 제발!'

큰스님을 찾아 뛰어가는 준호의 가슴은 공포와 긴장으
로 금방이라도 터져 버릴 것만 같았다.

# 5. 몽골군이 몰려온다!

수진과 민호는 무작정 대웅전으로 뛰어갔다. 대웅전은 절에서 가장 큰 건물인 데다, 목탁을 두드리는 소리와 사람들이 불경을 외는 소리가 나는 것으로 보아 그곳에 큰스님이 계실 것 같았다.

　　수진과 민호는 대웅전 문을 벌컥 열었다.

"큰일 났어요! 몽골군이 쳐들어왔어요!"

민호가 대웅전 안으로 뛰어들며 소리쳤다.

하지만 대웅전에 있던 사람들은 꿈쩍도 하지 않았다.

"스님들! 몽골군이 쳐들어왔다니까요!"

민호와 수진은 다시 고래고래 소리쳤다. 하지만 문간에

앉아 있던 아주머니 한 분이 얼굴을 찡그리며 손가락으로 쉿 하고 주의를 주었을 뿐, 스님들은 아랑곳하지 않고 목탁 소리와 염불 소리만 더욱 높여 갔다.

"마하반야바라밀다심경*······."

스님의 탁 트인 목소리와 맑은 목탁 소리가 대웅전 안을 울렸다.

민호와 수진은 아주머니의 손을 잡아끌고 대웅전 밖으로 나왔다. 그러고는 다급하게 물었다.

"큰스님은 어디 계세요?"

"저기 저 앞에 목탁 두드리는 분이 큰스님인가요?"

아주머니가 다시 입술에 손가락을 갖다 대며 말했다.

"쉿, 조용히 해라. 지금은 부처님께 기도드리는 예불 시

---

**\* 마하반야바라밀다심경**

큰(마하) 지혜(반야)를 담은 부처님의 말씀(심경)이란 뜻으로, 대장경의 맨 앞에 실려 있다. '반야심경'이라고도 한다. 불교에서는 스님들이 목탁을 두드리고 불경을 외우면서 불공을 드리는데, 반야심경은 우리나라에서 가장 많이 암송되는 불경이기도 하다. '마하반야바라밀다심경 관자재보살 행신반야바라밀다시'로 이어진다.

간이야. 그런데 큰스님은 왜 찾니?"

민호와 수진은 마음이 급했다.

"큰스님께 전해야 돼요, 몽골군이 쳐들어왔다고요!"

"그걸 모르는 사람이 누가 있다고 이 소란이야. 몽골군이 쳐들어와서 너희도 이리로 피란 온 거 아니냐."

아주머니는 혀를 끌끌 차며 아이들을 바라보았다.

민호와 수진은 애가 타서 미칠 지경이었다.

그때 누군가 민호와 수진의 팔을 잡아끌었다. 준호였다. 준호가 숨을 헐떡이며 말했다

"큰스님은 저기 강당에 계신대. 어서 강당으로 가자!"

민호와 수진은 준호의 뒤를 따라서 강당 건물로 뛰어갔다. 대웅전 석등을 지나 계속 달려가자 관음전과 명부전 등 여러 건물이 있는 곳이 나왔다. 그중 가장 큰 건물이 큰스님이 계신 강당인 듯, 문 앞에 젊은 스님 한 분이 지키고 서 있었다.

"무슨 일이냐?"

준호가 숨을 헐떡이며 대답했다.

"만덕 스님이 전하래요! 몽골군이 쳐들어왔다고요!"

"뭐라고? 그 말이 사실이냐!"

젊은 스님이 의심스러운 눈초리로 아이들을 훑어보고는 강당에 대고 소리쳤다.

"스님, 큰스님! 만덕이 아이들을 보냈습니다. 몽골군 이야기를 하는데, 안으로 들일까요?"

그 순간 문이 벌컥 열렸다.

"어허, 지금 긴히 의논 중인데, 왜 이리 소란스러운가! 만덕이 보낸 아이들이라니, 대체 무슨 소리냐!"

아까 만덕 스님에게 호통을 쳤던 청운 스님이었다.

"아니, 너희는! 아직도 정신을 못 차리고 소란을 피우는 게냐?"

민호가 소리쳤다.

"스님, 몽골군이 쳐들어오고 있어요!"

청운 스님이 아이들을 나무라듯 눈을 부라리자, 수진이

다급하게 말했다.

"진짜예요! 산 아래에서 몽골군의 창이 반짝거리며 올라오는 걸 봤어요."

준호가 간절한 표정으로 말했다.

"만덕 스님이 빨리 큰스님께 알리라고 하셨어요."

수진과 준호까지 가세하자 청운 스님은 이맛살을 찌푸리고 눈썹을 꿈틀거렸다.

몽골군이 들이닥치기 전에 경판을 어디로 어떻게 옮겨야 할지 큰스님을 모시고 여러 스님들과 의논하고 있었다. 그런데 이렇게 빨리 몽골군이 들이닥치다니, 믿을 수가 없었다.

그때였다.

"스님, 큰스님!"

강당 아래쪽에서 또 다른 스님이 헐레벌떡 달려왔다.

"아니, 무슨 일이오? 동화사 쪽을 정찰하러 나가셨다더니, 여긴 웬일이오?"

청운 스님이 놀라서 문을 열어젖혔다. 뭔가 불길한 일이 일어났음을 직감한 듯, 달려온 스님의 이야기를 듣기도 전에 청운 스님은 눈이 휘둥그레져 있었다.

"무슨 일인가?"

안에서 굵고 낮은 목소리가 들려왔다. 곧이어 얼굴이 크고 환한, 자비롭고 인자하게 생긴 노스님이 강당 밖으로 모습을 드러냈다. 노스님은 한눈에도 주지 스님, 그러니까 큰스님임을 알 수 있을 만큼 위엄이 있었다.

달려온 스님이 노스님께 합장을 하고는 거친 숨을 몰아쉬며 말했다.

"몽골군이 부인사로 들어오는 고개를 넘었습니다!"

그 순간 강당 안이 술렁거리더니, 안에 있던 스님들이 하나둘씩 밖으로 나왔다.

노스님은 침착하게 정찰을 다녀온 스님이 말을 잇기를 기다렸다.

"오늘 아침에 영주를 떠났는데, 불과 반나절도 안 되어 팔공산 부근에 이르렀다고 합니다. 이대로라면 얼마 안 가서 이곳 부인사에 닿을 것 같습니다."

스님들이 다시 술렁거렸다.

"안으로 들어가세. 거기, 만덕이 보냈다는 아이들도 들여보내게."

노스님과 정찰병 스님을 따라 강당으로 들어선 아이들은 진한 향내와 나무 냄새, 스님들이 뿜어내는 열기에 단숨에 압도되었다. 강당 안은 팽팽한 긴장과 공포, 그리고 그에 맞서려는 뜨거운 열기가 그득했다.

"차근차근 말해 보게. 지금 몽골군이 어디쯤 오고 있으며, 수는 얼마나 되던가?"

노스님이 묻자 정찰 스님의 얼굴이 어두워졌다.

"아까 봤을 때 폭포골 고갯마루였으니, 지금쯤 동화사 부근을 지났을 것입니다."

민호가 말했다.

"맞아요, 바로 요 아래까지 왔어요! 몽골군의 반짝반짝

빛나는 창을 제 눈으로 똑똑히 봤어요."

"어험!"

큰스님이 헛기침을 하자 청운 스님이 말했다.

"조용히 하여라. 스님들이 말씀 중이시지 않느냐."

준호도 민호에게 눈치를 주었다.

정찰 스님이 말을 이었다.

"돌격대가 창과 도끼를 들고 앞장서서 달려오고 있습니다. 그 뒤로 활과 화살 주머니를 갖춘 기마병*들이 말을 탄 채 산을 오르고, 이어서 가죽 투구를 쓴 전사들이 작은

* **기마병**

몽골군은 말을 탄 기마병으로, 보병이 중심인 군대들보다 전투력이 강했다. 말이 많은 초원 지대에서 유목 생활을 하던 몽골군은 달리는 말 위에서도 활을 쏠 수 있었다. 전쟁 때는 말 위에서 먹고 자며 하루에 128~200킬로미터를 이동했으며, 몽골군이 사용하던 활, 창, 올가미, 밧줄 등의 무기도 말 위에서 쓰기 편하게 크기가 작았다. 말도 잘 훈련되어 있어 사막에서 스스로 식물의 뿌리를 찾아 먹을 만큼 강인했고, 일정한 거리마다 역을 두고 말을 바꿔 주는 역참제를 갖추어 긴 거리를 빠르게 이동할 수 있었다.

활과 짧은 창, 칼, 도끼 등을 들고 뒤따르고 있습니다."

　큰스님의 낯빛이 창백해졌다.

　"군사는 얼마나 되던가?"

　정찰 스님이 고개를 떨어뜨렸다.

　"산을 올라오는 군사의 끝이 보이지 않았습니다."

　스님들의 얼굴에 당혹스러운 표정이 떠올랐다. 강당 안
은 곧 무거운 침묵에 잠겼다.

　눈을 감고 염주를 돌리던 큰스님이 이내 침묵을 깨고,

옆에 있던 기골이 장대한 스님에게 물었다.

"벽암 스님, 진(대열을 짜서 군사들을 배치하는 것)을 짠 스님들
은 얼마나 되오? 무기는 다 준비되었소?"

벽암 스님이 무거운 표정으로 대답했다.

"이웃 절에서 오신 스님들까지 합쳐 급하게 진을 짰으

나, 불교 무술을 익힌 스님들과 전쟁으로 단련된 몽골군이 어디 비교가 되겠습니까. 곳곳에 함정을 파 두고 활, 창, 칼, 돌멩이 등 무기가 될 만한 것은 모조리 준비해 두었으나, 역시 몽골군에 비할 것이 못됩니다. 제대로 활을 쏠 줄 아는 스님조차 얼마 되지 않습니다."

강당 안은 다시 한 번 무거운 침묵에 휩싸였다.

"조정의 중앙군에서는 지원 기미가 없나? 대장경은 나라의 보물 중 보물인데……."

큰스님이 묻자 벽암 스님이 잘라 말했다.

"조정에는 기댈 것이 없습니다. 지난해 침략 때에도 몽골군이 압록강을 넘어온 지 한 달 뒤에야 대책을 세우지 않았습니까. 군사 제도를 새롭게 바꾸고 전국에서 사람을 모았지만, 이미 수많은 백성들이 몽골군의 손에 목숨을 잃었고 온 나라가 몽골군의 말발굽에 쑥대밭이 되었습니다. 이러니 조정에 무엇을 바라겠습니까."

벽암 스님 옆에 있던 덩치 큰 스님 한 분도 분노에 차서

내뱉었다.

"충주성 전투에서 노비들은 물론 초적*들까지 몽골군에 맞서 싸우는 동안, 최우 장군이 이끄는 중앙군은 강화도에서 꿈쩍도 하지 않았지요."

큰스님의 낯빛이 다시 어두워졌다.

그러나 이대로 주저앉을 수는 없었다. 큰스님은 잠시 눈을 감은 채 호흡을 고르고는, 마음을 다잡은 듯 말했다.

"죽음을 각오하고 싸운다면 무엇이 두렵겠느냐. 성불득도(진리를 깨달아 부처님처럼 거룩한 성인이 된다는 뜻)의 마음으로 마지막 한 사람까지 몽골군에 맞서서 대장경을 지킨다면, 부처님께서 자비를 베푸실 것이다."

큰스님의 목소리에는 죽음을 각오한 듯 비장함이 서려

---

**\* 초적**

고려 때 도둑들을 가리키던 말. 주로 초원의 갈대숲 같은 데서 나타나 '초적'이라 불렀다. 대개 초적은 먹고살기 힘든 백성들이 도둑이 된 경우로, 귀족이나 무신 정권의 억압과 수탈에 맞서 대규모 항쟁을 벌이기도 했다. 몽골군이 쳐들어왔을 때 초적들은 힘을 모아 맞서 싸우며 나라와 백성을 지키는 데 앞장서기도 했다.

있었다.

벽암 스님도 결심을 굳힌 듯 큰스님의 말을 받았다.

"옳은 말씀입니다. 실낱같은 희망이긴 하지만, 몽골군은 이곳 지리를 잘 모르니, 절을 발견하지 못하고 돌아갈 수도 있습니다. 일단 이곳이 몽골군의 눈에 띄지 않도록, 청운 스님은 대웅전의 예불을 중지시키고 목탁 소리가 나지 않도록 해 주십시오!"

그러고는 몽골군에 맞서 싸우겠다고 모인 농민군의 대장인 듯한 남자에게 말했다.

"들었다시피, 이 싸움은 힘든 싸움이 될 것이오."

그러자 눈썹이 짙은 농민군 대장이 잘라 말했다.

"우리 걱정은 마십시오. 어차피 놈들이 쳐들어오면 모두 죽임을 당할 목숨들입니다. 몽골군의 손에 죽느니 차라리 스님들과 함께 장렬히 싸우다가 죽겠습니다. 저 오랑캐 놈들이 부처님을 섬기는 우리 고려인의 혼을 짓밟지 못하도록 목숨 바쳐 싸울 것입니다!"

농민군 대장의 말에 강당 안은 숙연해졌다.

큰스님이 잠긴 목소리로 말했다.

"나라의 임금과 대신들은 강화도로 몸을 피하고 관리들도 모두 제 살길을 찾아 달아나는 판에, 힘없는 백성들이 부처님의 말씀이 담긴 경판을 지키겠다고 나섰소. 그러니……."

큰스님의 목소리가 가늘게 떨렸다.

큰스님은 눈을 감고 천천히 염주를 돌렸다. 그러고는 굳은 목소리로 말을 이었다.

"마지막 한 사람까지 몽골군에 맞서 경판을 지킵시다! 아이와 여인, 노인들은 산속 깊이 피란시키고, 나머지는 모두 성불득도의 마음으로 싸웁시다!"

강당 안에 모여 있던 사람들의 얼굴에 비장한 빛이 떠올랐다. 스님들은 결연한 얼굴로 큰스님과 서로를 바라보았다. 눈과 눈, 마음과 마음으로 이어진 굳은 결의가 강당을 가득 채웠다.

벽암 스님이 말했다.

"청운, 그대는 대웅전에 있는 사람들을 피란시킨 후, 무예가 출중한 스님들을 이끌고 장경각으로 가시오! 나는 선봉에 서서 당간 지주 너머 계곡 길에서 몽골군을 막겠소. 자, 갑시다! 나가서 저들에 맞서 싸웁시다!"

결사 항전의 순간이, 고려를 침략하고 짓밟는 몽골군에 맞서 싸울 시간이 시시각각 다가오고 있었다.

6. 피신

까아악. 까아아악. 어디선가 요란한 까마귀 울음소리가
들려왔다.

아이들은 불안한 표정으로 청운 스님을 따라 대웅전으
로 갔다.

"예불을 중지하시오. 몽골군이 가까이 왔으니, 피란 오
신 분들은 어서 산 위로 피하십시오!"

청운 스님의 말에 부처님 앞에서 절을 하던 스님들과 흰
옷 차림의 피란민들이 술렁거렸다.

"아니, 그럼 몽골군이 말을 타고 산을 넘어오고 있단 말
입니까!"

"엊그제도 영주에서 마을 하나를 몽땅 불태우고 사람들을 마구잡이로 죽였다던데, 큰일 아닙니까."

"소문을 듣자니, 포악하기 그지없다더군. 닥치는 대로 도끼와 칼을 휘둘러서, 몽골군이 휩쓸고 지나간 자리에는 시체와 잿더미만 남는다고…….."

사람들의 얼굴이 새파랗게 질렸다.

청운 스님이 말했다.

"한시가 급합니다. 아랫마을에서 오신 분들은 몽골군한테 들키지 않도록 조용히 산을 넘어가십시오. 무예를 배운 스님들은 정해진 자리로 가시고, 나머지 스님들은 조용히 이곳에서 기다리십시오. 자, 어서 서두릅시다!"

예불을 드리던 백성들은 허겁지겁 대웅전을 빠져나갔고, 스님들은 삽시간에 전투태세에 들어갔다.

"스님들은 어쩌시려고요? 저희와 같이 피란길에 오르시지요."

한 피란민이 말을 건네자 청운 스님이 단호하게 말했다.

"중이 어찌 절을 버리겠습니까. 우리는 부처님 곁에서 끝까지 절과 경판을 지킬 것입니다."

그 말을 듣고 피란민 중 몇몇 젊은이들이 함께 싸우겠다고 나섰다.

"놈들에게 잡히면 어차피 죽을 목숨입니다. 구차하게 도망 다니면서 사느니, 죽을 각오로 싸우겠습니다. 귀주성 싸움*을 본받는다면, 몽골군을 물리치지 못하라는 법도 없지 않겠습니까!"

민호가 호기심 어린 표정으로 물었다.

"귀주성 싸움이 어땠는데요? 그 싸움에서 고려군이 이겼나요?"

**\* 귀주성 싸움**
고려의 북서쪽 국경 부근의 귀주는 거란의 침입 때 서희가 외교를 통해 얻은 강동 6주 가운데 하나다. 몽골의 1차 침입 때 고려로 들어가는 길목에 있던 귀주성의 군사들과 백성들은 몽골군의 공격을 한 달이나 막아 냈다. 몽골군은 무차별 공격을 퍼부었으나, 끝내 귀주성을 함락시키지 못했다. 발이 묶인 몽골군은 귀주성을 포기하고 지금의 평양인 서경으로 쳐들어갔지만, 서경을 포위하고도 쉽게 공격하지 못했다. 등 뒤에 있는 귀주성에서 공격해 올 것이 두려웠기 때문이다.

"그럼, 이겼다마다! 몽골군이 엄청난 공격을 퍼부었지만, 박서 장군의 지휘 아래 귀주성 사람들이 똘똘 뭉쳐 막아냈단다. 아무리 공격해도 항복하지 않으니까 몽골 놈들이 땅굴을 파고 들어왔는데, 성 안에서 굴을 파고 펄펄 끓는 쇳물을 부어 땅굴을 무너뜨렸지. 어디 그뿐이냐? 발석기로 큰 바위를 날려 보내며 싸웠단다. 또 몽골군이 불붙은 기름 장작을 던져 대고 마른풀 더미에 불을 붙인 수레로 공격하자, 진흙을 물에 적셔 불을 끄며 막아 냈다는구나. 그렇게 한 달을 싸웠더니, 그 무시무시한 몽골군도 혀를 내두르고 물러났단다."

젊은이의 이야기를 들으면서 민호와 수진은 저도 모르게 주먹을 불끈 쥐었다. 준호는 귀주성 싸움의 명성을 익히 알고 있던 터라, 벅찬 눈빛으로 고개를 끄덕였다.

청운 스님이 합장을 하며 "나무 관세음보살……. 죽을 각오로 싸우면 못할 것이 없다." 하고 말했다.

아이들은 가슴이 뭉클했다.

"자, 너희는 어서 어른들을 따라 산으로 피해라. 어서 가거라. 어서!"

청운 스님은 아이들의 등을 떠밀고는 서둘러 장경각 쪽으로 달려갔다.

민호와 수진이 청운 스님을 쫓아가려 하자 준호가 "안 돼!" 하고 둘을 잡았다.

"여긴 너무 위험해. 스님들 말대로 일단 산으로 가서 숨어야 돼. 잘못하면 영영 집에 못 돌아갈 수도 있어!"

때마침 대웅전 뒤쪽 산으로 올라가던 사람들이 아이들을 발견하고는 소리쳐 불렀다.

"얘들아, 얼른 이쪽으로 오너라!"

아이들은 안타까운 얼굴로 서로를 바라보았다. 이윽고 준호가 고개를 끄덕거리자, 대나무 숲길로 통하는 대웅전 옆의 오솔길로 뛰어갔다. 그리고는 오솔길 끝의 작은 샛길을 지나 계곡을 따라 난 대나무 숲길로 사람들을 쫓아갔다.

대나무 숲을 지나 참나무와 벚나무 숲으로 올라가자 비탈이 점점 가팔라졌다. 뜨거운 햇볕을 받은 풀잎들이 빳빳한 이파리를 곤두세우고 있어 발을 디딜 때마다 몹시 아팠다. 하지만 아이들은 꾹 참고 거친 숨을 몰아쉬며 부지런히 산을 올랐다.

곧 고갯마루 너머로 파란 하늘이 성큼 다가섰다. 손을 뻗으면 금세 잡힐 것만 같은 푸른 하늘에는 흰 구름이 둥둥 떠가고 빨간 고추잠자리가 빙빙 날고 있었다.

"하늘이 이토록 푸른데, 난데없이 전쟁이라니……."

산길을 오르던 피란민 하나가 한숨을 내쉬며 말했다.

또 다른 피란민이 그 말을 받았다.

"그러게 말일세. 전쟁이 터지니, 힘없는 백성들만 죽어 나는구먼."

다른 사람들도 목소리를 높였다.

"몽골군도 몽골군이지만, 나는 이 나라를 다스린다는 사람들이 더 원망스럽네. 그 사납다는 몽골군 앞에 나라의 대신과 장군이라는 자들이 백성들을 버려두고 도망을 쳤다고 하지 않는가. 임금님마저 강화도*로 도망쳤으니, 원. 우리 같은 백성들은 어쩌라고."

"초적보다 못한 놈들 같으니라고! 아, 초적들도 몽골군에 맞서 싸운다는데, 이놈의 조정은 뭘 하나 말일세!"

그러자 누군가가 "쉿! 그러다 누가 들으면 어쩌려고 그러나!" 하고 주의를 주었다. 그와 동시에 웅성거리던 소리들이 쑥 들어갔다.

이제 주위에는 산새 소리와 물소리, 그리고 분주하게 산길을 오르는 사람들의 발소리만 울렸다.

▲강화도 고려 궁터

**\* 강화도**

1231년 몽골군이 쳐들어오자, 당시 고려를 지배하던 최씨 무신 정권은 강화도로 수도를 옮겼다. 초원 지대에서 싸우던 몽골군이 물에 약해서, 배를 타고 강화도로 쳐들어오기 힘들다고 보았기 때문이다. 이후 전쟁이 끝날 때까지 강화도는 수도 역할을 했는데, 무신 정권은 수많은 백성과 군사들을 동원하여 강화도에 임금이 머물 궁궐과 무신들의 호화로운 저택을 지었다. 이들은 육지에서 군사들과 백성들이 몽골군에 맞서 싸우며 죽어 갈 때 강화도로 피신해 호화로운 저택에서 잔치를 벌이며 사치스러운 생활을 이어 나갔다.

얼마나 걸었을까. 어디선가 서늘한 바람이 불어와 나뭇잎들이 우수수 떨어졌다. 민호가 칡뿌리에 걸려 넘어지며 "아악!" 하고 비명을 질렀다. 앞서 산길을 오르던 사람들이 놀라서 돌아보았다.

"민호야!"

준호와 수진이 달려가자 민호가 시뻘게진 얼굴로 울상을 지으며 말했다.

"형, 발이 너무 아파. 더 이상 못 걷겠어."

짚신에 피가 흥건했다. 걷다가 어딘가에서 살갗이 찢어진 것 같았다.

시골에서 들판을 뛰어다니며 놀았던 수진은 제법 산을 잘 탔지만, 준호와 민호는 숨이 턱까지 차고 발이 아파 견딜 수가 없었다. 뾰족하고 빳빳한 풀과 나무뿌리, 가시를 막아 내기에는 짚신이 너무나 허술했다. 아이들의 여린 발은 여기저기 수없이 찔리고 긁혔다. 그 발로는 험한 산길을 더는 오를 수 없을 것 같았다.

그때였다. 산 아래쪽에서 "와아!" 하고 함성이 울렸다. 잇달아 울창한 숲 너머로 땅을 울리는 말발굽 소리와 말 울음소리가 나더니, 작지만 또렷한 북소리와 소란스러운 야유 소리가 들려왔다.

"모, 모, 몽골군이다!"

맨 앞에서 가던 아저씨가 고갯마루에서 소리쳤다. 사람들은 혼비백산하여 죽을힘을 다해 산 위로 달려갔다.

저 아래 절에서 스님들이 죽창과 칼을 들고 곳곳에 설치한 방어벽 앞에 서 있는 모습이 보였다.

"하!"

절 어귀의 스님들이 죽창을 들어 올리며 소리치자 그 소리가 온 산에 쩌렁쩌렁 울려 퍼졌다.

그 기개에 눌린 것일까. 조금 전까지 울리던 북소리와 야유 소리가 잦아들더니 잠시 정적이 흘렀다. 하지만 곧 반격의 야유 소리가, 야비하기 이를 데 없는 비웃음 소리가 몽골군 진영에서 터져 나왔다.

둥둥 북소리가 거세지더니, 선두에 선 몽골군 기마병이 검은 기를 들었다.

곧 "와아!" 하는 함성이 솟구쳤다.

울긋불긋한 비단옷을 입은 몽골 기마병들이 절 주위를 에워싸자, 그 뒤에 있던 돌격대*가 괴성을 지르며 앞으로 돌진했다. 가죽 투구를 쓰고 가죽 외투를 입은 돌격대의 손에는 창과 도끼, 쇠 추 따위가 들려 있었다.

스님들은 돌멩이를 던지거나 활을 쏘며 몽골군 돌격대에 맞섰다.

갑자기 불화살과 불붙은 나뭇가지가 스님들 쪽으로 날아들었다. 기름을 흠뻑 적신 나뭇가지들이 불길에 휩싸인 채 나무 방어벽을 지나 절 안쪽으로 툭툭 떨어지자 스님들

* **돌격대**
몽골의 기마병 가운데 앞장서서 적진을 공격하는 부대. 맨 앞에 선 병사들이 활을 쏘며 적의 전열을 흩뜨리면 창, 도끼, 쇠 추, 단도 등으로 무장한 돌격대가 달려 나가 적군과 치고받고 싸웠다. 전쟁을 통해 알게 된 금나라의 강력한 군사 체제를 그대로 도입한 몽골군은 날쌘 데다 단결이 잘되고 결속력이 강해 오랫동안 최강의 군대로 불렸다.

은 당황해서 우왕좌왕했다.

몽골군 진영에서 북소리가 울리자 불붙은 나뭇가지들과 불화살이 한낮의 하늘을 다시 한번 시뻘겋게 수놓았다. 그것을 신호로 가죽 갑옷을 입은 몽골군들이 함성을 지르며 절을 향해 새까맣게 몰려왔다.

준호와 민호와 수진은 입을 벌린 채 그 자리에 못 박힌 듯 서 있었다.

"미, 민호야, 모래시계 좀 꺼내 봐! 어서!"

수진의 말에 민호는 더듬더듬 모래시계를 꺼냈다.

어느새 모래가 거의 다 떨어져 있었다. 과거에 머물 시간이 얼마 남지 않은 것이다.

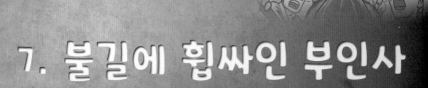

# 7. 불길에 휩싸인 부인사

"아아악!"

"으아아악!"

곳곳에서 째질 듯한 몽골군의 비명 소리가 솟구쳤다. 앞장서서 달려오던 몽골군 돌격대가 스님들이 파 놓은 구덩이에 빠져 고꾸라졌다. 구덩이 밑에는 죽창, 칼처럼 뾰족한 무기가 설치되어 있어서 몽골군 돌격대는 고통스러운 비명을 지르며 쓰러졌다.

뜻밖의 사태에 몽골군의 공격이 주춤했다. 함정이 있을 것이라고는 미처 예상하지 못한 듯, 거침없이 달려오던 몽골 병사들의 움직임이 눈에 띄게 더뎌졌다. 하지만 뒤에서 커다란 북소리가 둥둥둥둥 빠르게 울리자 몽골군은 다시 함성을 지르며 몰려왔다. 잇달아 산을 뒤흔들 듯한 큰 북소리와 함께 검은 깃발을 앞세운 몽골군이 개미 떼처럼 새까맣게 밀려왔다.

몽골군은 구덩이에 빠져 아우성치는 자기네 군사들을 징검다리처럼 밟고 부인사를 향해 돌진했다.

준호와 민호와 수진은 겁에 질려 온몸을 덜덜 떨었다.

몽골군은 스님들이 세워 놓은 방어벽에 따닥따닥 달라붙어 총공세를 퍼부었다. 스님들은 돌멩이를 던지거나 죽창을 휘두르며 맞섰다. 몽골군은 바로 옆에서 동료가 돌과 죽창에 맞아 쓰러져도 다섯 줄씩 줄을 지어 흔들림 없이 공격해 왔다.

끊임없이 밀려오는 몽골군에 스님들이 힘겹게 맞서 싸우는 모습은 너무나도 눈물겨웠다. 방어벽에 달라붙어 넘어오는 몽골군을 막아 낼라 치면, 어느새 몽골군 진영에서 화살이 빗발치듯 날아와 하늘을 새까맣게 뒤덮었다.

곳곳에서 스님들이 비명을 지르며 쓰러졌고, 앞서 날아온 불화살에 크고 작은 건물들이 타오르며 시꺼먼 연기가 솟구쳤다.

부인사는 한순간에 지옥으로 변했다. 불을 끄려는 사람과 화살에 맞아 쓰러진 사람, 몽골군에게 돌멩이를 던지는 사람, 방어벽을 기어오르는 몽골군에게 죽창을 휘두르는 사람으로 온통 아수라장이었다.

게다가 절은 목조 건물*이어서 삽시간에 불길이 번졌다. 곳곳에서 건물들이 활활 타올랐다.

차마 눈 뜨고 볼 수 없는 광경이었다.

**\* 목조 건물**
산이 많아서 나무가 많이 자라는 우리나라에는 예부터 나무로 지은 목조 건물이 많았다. 하지만 목조 건물은 불에 약해서 화재나 전쟁으로 많이 불타 없어졌다. 불국사, 황룡사, 경복궁 등 많은 건물들이 몽골 침입이나 임진왜란 같은 전쟁으로 불타서 없어졌다. 특히 몽골 침입 때 단단한 느티나무가 많이 불타서 사라지는 바람에 이후에는 느티나무보다 덜 단단한 소나무로 건물을 짓게 되었다.

"아, 어떡해!"

수진이 자기도 모르게 눈물을 흘리며 소리치는 순간, 우지끈 하는 소리와 함께 절 입구 부근에 있던 암자의 지붕이 불길 속에 주저앉았다.

잇달아 한 떼의 불화살이 시뻘겋게 날아오더니, 장경각 지붕 위로 후두둑 떨어졌다.

"아. 대장경판…….."

준호가 눈물을 글썽이며 조그맣게 중얼거렸다.

민호와 수진도 발을 동동 구르며 애타게 소리쳤다.

"만덕 스님!"

"아, 스님!"

그때 두루마리가 꿈틀거렸다. 하지만 준호는 알아차리지 못했다.

몇몇 스님들이 불을 끄기 위해 물을 퍼 나르고 삽으로 흙을 던져 댔다. 스님들은 물에 적신 흙덩어리로 어떻게든 불을 꺼 보려고 안간힘을 썼다.

그사이 허술해진 방어벽을 뚫고 몽골군이 밀물처럼 밀려들었다. 칼과 칼이 부딪히고 죽창과 창이 부딪히며 수많은 사람들이 쓰러졌다. 몽골군은 쓰러진 사람들을 밟고 장경각 부근까지 치고 올라왔다. 스님들이 온몸으로 장경각을 막아섰지만 결국 몽골군의 칼날에 하나둘 쓰러지고 말았다.

마침내 장경각이 불길에 휩싸여 타오르기 시작했다.

아이들은 피범벅이 된 채 죽어 가는 스님들과 불타는 장경각*을 바라보았다.

꿈일까, 생시일까. 지옥이 따로 없었다. 이가 딱딱 부딪히고, 온몸이 덜덜 떨렸다.

**\* 불타는 장경각**

몽골의 침입에 고려가 항복하지 않고 섬이나 성으로 들어가 맞서 싸우자, 몽골군은 고려인들의 사기를 꺾기 위해 더욱 잔인하게 죽이고 약탈했다. 물에 약했던 몽골군은 강화도로 피신한 고려의 조정을 공격하는 대신, 남쪽으로 내려가며 힘없는 백성들을 죽이고 마을을 불태웠다. 또 고려의 저항 의지를 꺾기 위해 고려인의 정신적 지주라고 할 수 있는 절과 경판을 마구 불살랐다. 부인사의 초조대장경을 비롯하여 황룡사와 황룡사 구층 목탑 등 귀중한 문화재가 모두 이때 불에 타서 없어졌다.

다음 순간, 배낭에서 빠져나온 두루마리가 허공으로 떠오르며 눈이 멀 듯한 푸른빛을 내뿜었다. 그렇게 아이들은 그 지옥 같은 곳에서 빠져나왔다.

# 8. 대장경을
## 다시 만들었다고?

지하실은 어둠에 묻혀 있었다. 그 조용하고 익숙한 어둠에 아이들은 안도의 한숨을 내쉬었다.

"후유, 살았다!"

민호가 말하자 수진이 다시 몸을 부르르 떨며 말했다.

"하지만 스님들은……."

아이들은 여전히 겁에 질려 있었다. 귀를 찢을 듯한 함성과 아우성, 시뻘겋게 불타던 건물들, 칼과 화살을 맞고 쓰러져 가던 스님들의 모습이 아직도 생생했다.

준호도, 민호도 쓰러져 가던 스님들의 모습이 떠올라 왈칵 눈물이 솟구쳤다. 죽창을 들고 맞서던 스님들과 불길에 휩싸인 장경각의 모습이 고통스럽게 떠올랐다.

"스님들도 죽고, 대장경판도 다 타 버렸겠지……."

그렇게 말하는 준호의 뺨으로 눈물이 주르륵 흘렀다.

민호가 어둠 속에서 물었다.

"그럼 몽골군이 스님들을 다 죽인 거야? 절이랑 대장경판도 다 태워 버리고? 하지만 형, 저번에 아빠랑 해인사에 갔을 때 분명히 팔만대장경판이 있었잖아! 그러니까 스님들이 대상경판을 지켜 냈을 거야."

준호는 눈물을 닦으며 후우 한숨을 내쉬었다.

"맞아, 저번에 해인사에 갔을 때는 분명히 팔만대장경판이 있었어. 우리 둘 다 봤잖아."

"응. 그럼 타 버린 게 아니잖아! 분명 스님들도 살아남았을 거야. 만덕 스님 말처럼 부처님의 힘으로 몽골군을 물리쳤을 수도 있어."

민호는 실낱같은 희망을 품고 준호에게 말했다. 하지만 속으로는 그 난리통 속에서 과연 스님들이 살아남을 수 있었을까 싶었다.

수진이 물었다.

"혹시 팔만대장경판이 여러 개 있는 거 아닐까?"

"글쎄, 하나밖에 없는 것 같은데……."

준호가 고개를 갸웃거리자 민호가 말했다.

"형, 아빠한테 물어보자! 팔만대장경판이랑 그 스님들은 어떻게 됐는지, 응?"

수진도 고개를 끄덕였다.

"그래, 너희 아빠한테 물어보면 되겠다!"

민호와 수진은 당장 집으로 뛰어 올라갔다.

준호가 현관에 들어섰을 때 민호는 벌써 아빠와 통화를 하고 있었다.

"아빠, 옛날에 팔만대장경판을 지키던 스님들 있잖아요, 그 분들은 죽었어요, 살았어요?"

수화기에서 "뭐라고? 누가 죽었다고?" 하고 놀라는 아빠의 목소리가 새어 나왔다.

"아이참! 스님들이요, 부인사 스님들이요! 몽골군한테 죽었어요, 살았어요?"

준호는 황당해할 아빠의 얼굴이 눈에 선했다.

수진이 답답하다는 듯이 준호를 쳐다보고 말했다.

"오빠가 물어봐."

민호도 답답하다는 듯이 준호에게 전화기를 건넸다.

"아빠, 바쁘실 텐데 죄송해요. 민호랑 수진이가 내기를 했나 봐요. 수진이가 책에서 팔만대장경 이야기를 읽었는데, 대장경판이 있던 곳이 부인사래요. 하지만 민호랑 저는 분명히 해인사에서 대장경판을 봤잖아요. 혹시 대장경판이 두 개 있었나요?"

민호는 무슨 뚱딴지같은 소리를 하냐는 표정으로 씩씩거리며 전화기를 도로 빼앗으려 했다. 수진이 민호를 말리며, 조용히 하라고 입술에 손가락을 갖다 댔다.

준호는 수화기에 귀를 바짝 대고 다른 쪽 귀는 손가락으로 꼭 막고서 아빠의 이야기에 귀를 기울였다.

준호는 몇 번 고개를 끄덕이며 "네." 하고 대답했다. 그러더니 "초조대장경이요?" 하고 되묻고는 다시 "아, 재조대장경이요." 하고 연신 고개를 끄덕였다. 그러고는 조심스럽게 물었다.

"다 불타 버렸나요?"

민호가 손짓 발짓을 하며 입 모양으로 '스님들! 스님들!' 하고 신호를 보냈다. 하지만 준호는 민호를 보고도 스님들이 죽었는지 살았는지 묻지 않았다.

"네, 알겠어요."

준호는 그렇게 말하고는 전화를 끊었다.

"뭐라고 하셔?"

민호와 수진이 동시에 물었다.

준호가 잠시 숨을 고르고 대답했다.

"지금 해인사에 있는 팔만대장경판은 고려 때 몽골군이 부인사에 있던 대장경판을 불태운 뒤, 다시 만든 거래. 부인사의 대장경판으로 찍은 대장경은 처음 만든 대장경이라는 뜻으로 《초조대장경》이라고 하고, 해인사의 대장경 판으로 찍은 대장경은 다시 만든 대장경이라고 해서 《재조대장경》이라고 한대. 초조대장경의 경판은 몽골군이 부인사에 쳐들어왔을 때 모두 불타서 지금은 남아 있지 않다고 하셨어. 그때 부인사도 완전히 불탔고⋯⋯."

준호는 목이 메는 듯 잠시 말을 끊었다. 그러고는 후우 한숨을 쉬며 말했다.

"몽골군에 맞서서 대장경판을 지키던 스님들도 모두 싸우다 돌아가셨을 거래."

수진이 "아⋯⋯." 하고 슬픈 얼굴을 했다.

"결국 스님들은 다 죽은 거야?"

민호가 묻자 준호가 고개를 끄덕였다.

"그 절도 몽땅 타 버렸고? 그럼 지금은 없는 거야?"

준호는 고개를 저었다.

"부인사는 지금도 있대. 나중에 다시 지었나 봐. 아, 그리고 《초조대장경》도 다 타 버린 줄 알았는데, 최근에 다

시 발견됐대. 아빠가 이다음에 부인사에도 가 보고 《초조
대장경》도 보러 가자고 하셨어."

민호는 분한 눈빛으로 준호를 바라보았다.

"형은 몽골군이 이길 줄 알고 있었지? 이럴 줄 알았으
면, 스님들한테 그냥 도망가라고 할걸 그랬어. 그랬으면
죽지는 않았을 텐데."

준호가 말했다.

"역사를 바꿀 수는 없어."

수진도 덧붙여 말했다.

"우리가 말렸어도 스님들은 절을 버리지 않았을 거야.
대장경판도 마찬가지고. 스님들은 대장경판이 부처님의
말씀이 적힌 아주 소중한 보물이라고 생각했잖아."

민호가 진지한 표정으로 천천히 고개를 끄덕였다.

"맞아. 그 보물로 고려를 지키려고 했어. 스님들한테는
부처님의 말씀이 무기였던 거야."

부처님의 말씀이 새겨져 있다고 해도 한낱 나무판이 나

라를 지켜 줄 수는 없었을 것이다. 그럼에도 사납고 흉악한 몽골군에 맞서 마지막까지 나라를 지키고자 했던 스님들의 마음을 생각하니 셋은 숙연한 마음이 들었다.

준호는 그렇게 지켜 온 나라가 바로 지금의 우리나라라는 생각에 가슴이 뭉클했다.

"형, 아빠가 나중에 부인사에 같이 가자고 했지?"

민호가 묻자 준호가 고개를 끄덕였다.

수진이 조르듯이 말했다.

"나도 같이 가면 안 돼? 나도 부인사에 꼭 가 보고 싶어. 가서 스님들이 몽골군에 맞서 용감하게 싸우던 곳과 우리가 가 보았던 곳을 다시 둘러보고 싶어. 피란 가던 그 산길도."

아이들이 보았던 절은 불타 없어졌고, 지금 있는 부인사는 아이들이 본 부인사와 많이 다를 수도 있었다. 그런데도 아이들은 마치 그곳에 가면 자기들이 만났던 스님들과 절을 다시 볼 수 있기라도 한 듯 그곳에 가 보고 싶었다.

준호가 수진과 민호를 바라보며 말했다.

"그래. 꼭 같이 가자. 나도 가 보고 싶어."

그러고는 다짐하듯 진지하게 고개를 끄덕였다.

과연 옛 절터와 건물들은 얼마나 남아 있을까. 그 산과 계곡은 옛날의 그날을 기억하고 있을까.

참혹한 전투의 끔찍했던 기억 대신 새롭게 만날 절에 대한 기대가 점차 아이들의 마음으로 찾아들었다.

아무 일도 없었던 것처럼 한적하고 고요한 오후, 거실 창으로 쏟아진 초가을 햇살이 아이들을 조용히 비추었다.

과거 여행을 다녀온 뒤 준호는 도서관과 아빠의 서재를 들락거리며 고려 시대 연구에 몰두했다. 준호는 무엇을 알아냈을까?

## 몽골은 왜 고려를 침략했을까?

척박한 초원에서 일어난 몽골은 기름진 땅을 차지하고 풍족한 식량을 얻기 위해 아시아에서 동유럽에 이르기까지 수많은 나라를 침략하며 정복 전쟁을 벌였다.

1231년 몽골은 국경 부근에서 사신이 살해된 것을 핑계로 고려에도 쳐들어왔다. 미처 전쟁 준비를 못했던 고려는 수도인 개경이 함락될 위기에 처하자 몽골의 요구대로 각 지방에 '다루가치'라는 몽골인 감시관을 두기로 했고, 이에 몽골은 군대를 거두고 물러갔다.

이후 몽골이 지나치게 많은 금과 은, 특산품 등을 공물로 요구하고 정치에 간섭하자, 고려 조정은 수도를 강화도로 옮기고 몽골군과 맞서 싸웠다.

1231년부터 30여 년 동안 여섯 차례에 걸쳐 치러진 몽골과의 전쟁으로 수많은 백성들이 목숨을 잃었고 몽골에 포로로 끌려갔다. 또 황룡사와 초조대장경 같은 귀중한 문화재가 불타 없어졌으며, 온 나라가 잿더미로 변했다. 결국 1259년 고려는 몽골에 항복하고 몽골의 사위 나라, 곧 부마국이 되었다. 이때부터 고려 말 공민왕 이전까지 모두 여섯 명의 고려 왕 이름에는 몽골에 충성한다는 뜻으로 '충'자가 붙었다.

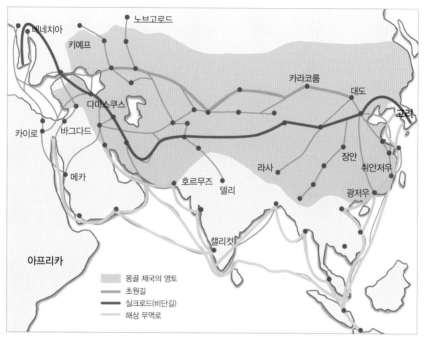

**몽골제국의 영토와 교통로**

몽골은 정복 전쟁을 통해 드넓은 제국을 세우고 아시아와 유럽을 연결하는 대규모 교통로를 완성했다. 실크로드와 초원길이 해상 무역로와 하나의 교통망으로 연결된 것은 몽골 제국 때가 처음이다. 몽골 제국은 교통의 요지마다 역참을 설치하고 관문마다 통행세를 받아 부를 쌓았다. 몽골은 고려를 침략하여 일본을 포함한 동아시아도 정복하려 했다.

## 우리나라에는 왜 북방 민족의 침략이 잦았을까?

거란, 여진, 몽골 같은 북방 민족은 중국 왕조를 공격하기 전에 우리나라에 먼저 쳐들어오는 경우가 많았다. 이들이 사는 곳에서 중국의 중심부인 중원으로 쳐들어갈 때 가장 평탄한 길이 압록강 너머 요동 지방을 통하는 길이었는데, 우리가 중국을 도우면 북방 민족이 중국과 우리나라 사이에서 협공을 당할 수도 있었기 때문이다. 중국이 북방 민족을 공격할 때도 우리나라는 그 길목에 있어 지리적인 이유로 공격받곤 했다.

## 몽골군에 맞서 나라를 지키려 한 노력

　몽골군이 쳐들어왔을 때 고려는 막강한 군사력을 지닌 무신들이 권력을 잡고 있었다. 하지만 정작 전쟁이 시작되자, 무신 정권은 아무런 힘도 쓰지 못했다.

　무신 정권의 최고 권력자였던 최우는 수도를 강화도로 옮기고 전국에서 군사를 모았다. 몽골군이 물에서 싸우는 데 약하다는 점, 강화도가 개경에서 가깝다는 점, 전국에서 뱃길로 세금을 걷을 수 있다는 점을 고려하여 개경에서 가까운 큰 섬 강화도로 수도를 옮겨 싸우기로 한 것이다.

　하지만 중앙군이 강화도로 이동함에 따라, 정작 육지에서 몽골군에 맞서 싸운 것은 지방군과 백성들이었다. 특히 사회적으로 천대받던 천민과 노비, 심지어 초적까지 나서서 당시 세계 최강의 군대였던 몽골군에 맞서 싸웠다.

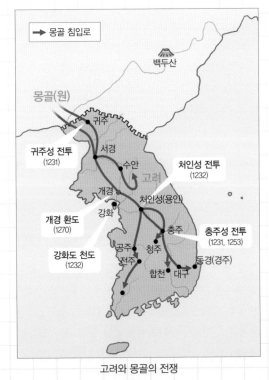

고려와 몽골의 전쟁

## 고려가 최강 몽골군을 물리친 전투들

### 귀주성 전투

몽골의 1차 침입 때, 귀주성의 군사들과 백성들은 한 달여 동안 몽골군의 쉴 새 없는 공격을 막아 냈다. 결국 몽골군은 귀주성을 포기하고 서경으로 쳐들어갔지만, 뒤에 버티고 있는 귀주성 때문에 서경을 포위하고도 쉽게 공격하지 못했다. 귀주성 전투는 나라를 지키고자 하는 고려인의 힘과 의지를 보여 주었다.

### 처인성 전투

몽골의 2차 침입 때 승려 김윤후는 용인의 처인성에서 천민 집단인 부곡민들을 거느리고 성을 단단히 지켰다. 김윤후가 활을 쏘아 몽골군 총사령관 살리타를 죽이자, 온갖 만행을 저지르던 몽골군은 본국으로 철수했다. 처인성 유적지에는 활을 쏘아 적장을 죽인 곳으로 알려진 '사장터'가 있다.

처인성 승첩 기념비

### 충주성 전투

경상도로 가는 길목에 있는 충주성은 몽골군의 거센 공격을 번번이 막아 냈다. 1231년 몽골의 1차 침입 때는 장수들과 양반들이 모두 도망간 가운데 종과 천민들이 성을 지켜 냈고, 1251년 몽골의 5차 침입 때는 처인성 전투를 이끌었던 김윤후의 지휘 아래 몽골군이 남쪽으로 내려가는 것을 막았다.

충주성

## 왜 대장경을 만들었을까?

고려는 불교 국가로, 백성의 대부분이 불교를 믿었다. 나라에 큰 어려움이 있을 때마다 불교는 백성의 마음을 한데 모으는 데 큰 역할을 했다.

1011년 거란이 침입했을 때 고려인들은 부처님의 말씀을 새긴 대장경판을 만들며 나라의 평화를 빌었다. 이때 새긴 초조대장경판을 몽골군이 불태워 고려의 사기를 꺾으려 하자, 고려인들은 전쟁 중에 다시금 팔만대장경판을 새겨 백성의 마음을 한데 모으고 부처의 힘으로 몽골을 물리치려 했다.

무신 정권의 통치자였던 최우와 귀족들은 대장경판을 만드는 데 재산을 내놓았고, 백성들은 시주를 하거나 허드렛일 등을 하며 힘을 보탰다. 우리나라의 중요한 문화유산이자 유네스코 세계 기록 유산인 해인사 팔만대장경판은 고려 사람들의 간절한 바람과 희생 속에 만들어진 것이다.

## 《초조대장경》과 《재조대장경》

고려가 외세의 침입에 맞서 처음 대장경을 새긴 것은 거란의 2차 침입 때이다. 이때 찍은 대장경을 처음 찍은 대장경이라고 하여 《초조대장경》이라고 부른다. 983년 송나라에서 만든 《북송칙판대장경》에 이어 세계에서 두 번째로 만들어진 한자 대장경으로, 약 6,000 여 권에 이르렀다. 경판은 대구 부인사에 보관되어 있었으나, 1232년 몽골군의 2차 침입 때 불타 없어졌다.

현재 해인사에 있는 팔만대장경판은 몽골 침입 당시 강화도에서 만든 것으로, 이 경판으로 찍은 대장경을 《재조대장경》이라고 한다. 목판의 수가 모두 합쳐 8만 장이 넘는 세계 최대 규모의 대장경이자, 경판이 남아 있는 유일한 대장경이다. 이 경판들은 강화도 선원 사에 보관되어 있다가 조선 초기에 해인사로 옮겨졌다.

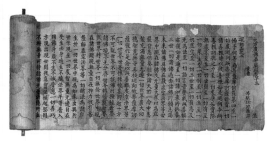

《초조대방광불화엄경》 제13권. 국보 265호로, 《초조대장경》 중 하나이다. 《초조대장경》의 경판은 모두 불타 없어졌지만 인쇄본은 여러 권 전해진다. 중복되는 권 수를 빼고 2천 권 이상 남아 있는데, 대부분 일본에 있고 국내에는 약 300권이 있다.

해인사 대장경판. 국보 제32호. 경판 수는 81,258장이나 앞뒤로 내용을 새겼으므로 실제로는 16만 장이 넘는다. 글자 수로 따지면 약 5,200만 자로 500년 동안 기록했던 《조선왕조실록》의 글자 수에 맞먹는다.

## 대장경은 어떻게 만들었을까?

불경을 나무판에 새겨 종이에 찍어 내면 한꺼번에 많은 양을 찍을 수 있다. 우리나라는 신라 말기부터 목판 인쇄가 발달하기 시작했고, 이 기술이 고려 시대에도 이어졌다. 해인사의 대장경판은 8만여 장의 목판에 앞뒤로 빽빽이 새겨져 있지만, 글자 모양이 고르고 틀리거나 빠진 글자가 거의 없다. 해인사 대장경판은 2007년 유네스코 세계 기록 유산에 지정되었다.

### 대장경판에 숨은 놀라운 사실

#### 왜 소금물에 삶을까?
경판을 소금물에 삶으면 판자의 안팎이 골고루 말라 판자가 뒤틀리거나 갈라지지 않는다. 또 나무의 진이 빠지면서 나뭇결이 부드러워져 글자를 새기기 쉽다. 나무에 숨어 있는 벌레나 알, 곰팡이를 없애서 경판이 망가지는 것도 막을 수 있다.

#### 아름다운 경판 글씨
경판 글씨는 여러 사람이 썼지만, 한 사람이 쓴 것처럼 보인다. 글씨 쓸 사람들을 따로 뽑아 글씨체가 똑같아질 때까지 교육했으리라 짐작된다. 대장경판의 글씨체는 조선의 명필, 추사 김정희가 "사람이 쓴 것이 아니라, 마치 신선이 내려와 쓴 것 같다."라고 감탄했을 만큼 아름답다.

#### 글자를 잘못 새기면 어떻게 할까?
글자를 조각하는 각수는 경판에 한 자 한 자 새길 때마다 두 손 모아 합장을 하고 정성껏 새겼다. 틀린 글자가 있을 때는 그 부분을 네모꼴로 잘라 내고 그 자리에 바른 글자를 새긴 나무를 맞춰 넣었다. 틀린 글자가 있는 줄을 모두 파내고, 새로 새긴 글자 줄을 끼워 넣기도 했다.

## 대장경 만드는 과정

**1. 경판용 나무 준비하기** 가을에서 이른 봄 사이에 나무를 벤다. 벤 나무는 1~2년 동안 눕혀서 말린다.

**2. 경판 만들기** 말린 나무를 일정한 크기로 자른 다음, 소금물에 삶아 말린다. 마른 경판을 대패로 평평히 다듬는다.

**3. 경판에 새길 글자 붙이기** 불경을 한지에 쓴 뒤 경판에 붙인다. 인쇄할 때 글자가 똑바로 찍히도록 한지를 뒤집어 붙인다.

**4. 글자 새기기** 글자만 도드라지도록 주위를 파낸다. 한쪽 면을 다 새기고 나면 뒤집어 뒷면에도 불경을 새긴다.

**5. 경판 찍기** 풀뿌리로 만든 솔로 경판에 먹물을 칠하고 한지를 얹는다. 부드러운 털 뭉치로 톡톡 두드려 먹물이 잘 배게 한다.

**6. 경판 보관하기** 인쇄가 끝난 경판은 소금물로 씻어 바람이 잘 통하는 그늘에서 충분히 말린 다음, 경판꽂이에 넣는다.

# 팔만대장경을 보존하는 신비의 창고, 장경판전

    팔만대장경이 보관되어 있는 장경판전은 해인사에서 가장 높은 곳에 있어 바람이 잘 통한다. 장경판전의 나무 살창은 장경판전 안으로 불어 든 바람이 내부에 골고루 퍼지며 천천히 빠져 나가도록 그 위치와 크기가 과학적으로 설계되어 있다. 바닥의 흙은 장경판전 안의 습도를 조절하며, 건물 주위에 깊고 단단한 배수구가 있어 비가 와도 건물에 물이 고이지 않는다.

    자연을 이용한 장경판전의 건축 기술 덕분에 팔만대장경판은 오랜 세월 동안 거의 훼손되지 않고 보존될 수 있었다. 유네스코는 장경판전이 지닌 뛰어난 과학성을 기려 1995년 세계 문화유산으로 지정했다.

**해인사 장경판전** 해인사의 울창한 숲 덕분에 팔만대장경판에는 먼지가 거의 쌓이지 않는다. 옛 기록에 따르면 "한 번도 비를 들어 청소하거나 청결히 해 본 적이 없지만 경판 위에 먼지 한 점, 거미줄 한 올 낀 적이 없다."고 한다. 최근에는 숲이 점점 파괴되고 관광객이 늘어나 정기적으로 청소를 하고 있으며, 장경판전 안에는 관광객이 들어가지 못한다.

## 과학적으로 설계된 장경판전의 통풍 구조

### 창의 위치와 크기

건물 뒤쪽은 아래쪽 창이 위쪽 창보다 작다. 온도가 낮은 건물 뒤쪽의 공기가 살창으로 들어올 때, 습기를 머금은 무거운 공기가 적게 들어오도록 아래쪽 창을 위쪽 창보다 작게 만든 것이다. 반대로 건물 앞쪽은 경판 사이를 지나며 습기를 머금어 무거워진 공기가 빨리 빠져 나갈 수 있도록 아래쪽 창이 위쪽 창보다 네 배나 크다.

### 경판꽂이

경판꽂이의 맨 아랫단은 바닥에서 40센티미터 가량 떨어져 있어, 바람이 잘 통하고 바닥의 습기가 잘 흡수되지 않는다.

### 경판의 틈

인쇄할 때 경판을 쉽게 잡을 수 있도록 만든 손잡이인 마구리는 경판보다 1.2센티미터가량 두껍다. 덕분에 경판을 꽂아 두었을 때 좁은 틈이 생겨 이 틈으로도 바람이 잘 통한다.

## 사진 자료 제공

23p  卍 크라우드픽

33p  **대웅전** 국가유산청

38p  **해인사 대장경판** 국가유산청

54p  **부인사** 한국향토문화전자대전 | 한국학중앙연구원

61p  **무구정광대다라니경 목판 복원품** 국립청주박물관

88p  **강화도 고려 궁터** 국가유산청

100p  **목조 건물** 한국관광공사

119p  **처인성 승첩 기념비** 한국학중앙연구원

119p  **충주성** 국가유산청

121p  **《초조대방광불화엄경》 제13권** 국립중앙박물관

121p  **해인사 대장경판** 해인사

124p  **해인사 장경판전** 한국관광공사

125p  **장경판전 경판꽂이** 해인사

# 마법의 두루마리 12
몽골군에 맞서 대장경판을 지켜라!

**1판 1쇄 펴낸날** 2025년 2월 7일
**글** 강무홍 **그림** 김종범 **감수** 박종기
**편집** 우순교 **디자인** 박정아
**펴낸이** 강무홍 **펴낸곳** 햇살과나무꾼
**등록** 2009년 07월 08일(제313-2004-54)
**주소** 서울시 영등포구 당산로54길 11 상가 305호
**전화** 02-324-9704
**전자우편** namukun@namukun.com
ISBN 979-11-987725-6-5(73810)